欢迎来到实力至上主义的教室 ⑥

毕竟是由我来教，我绝对要让你们拿到比期中考还要高的分数。

长谷部波瑠加

和三宅一样，不太愿意与人扯上关系，并自称"孤独组"的D班女生。有马上用绰号叫人的习惯。

幸村启诚

D班中拥有顶尖学力的男生。个性变得圆滑，开始改变想法，想为班级做贡献。

三宅明人

是个平时文静、很少看见他与其他人扯上关系的 D 班男生。隶属弓道社。

绫小路同学，你真健谈诶。

社团活动难得休息，我不想把所有时间都花在学习上。结束后就可以回去了吧？

一之濑一直以来都耿直、诚实地回答，我发现她的眼神初次游移不定。

她因为紧张而满脸通红。不知道是因为视线没有聚焦，还是慌张的关系，她没发现自己眼镜歪掉的位置很滑稽。

也……也……也让我加入绫小路同学的小组吧！

欢迎来到实力至上主义的教室 ⑥

c o n t e n t s

欢迎来到实力至上主义的教室

〔日〕**衣笠彰梧** 著

虎虎 译

人民文学出版社
PEOPLE'S LITERATURE PUBLISHING HOUSE

著作权合同登记：图字 01-2019-4308 号

YOUKOSO JITSURYOKUSHIJOUSHUGI NO KYOUSHITSU E Vol. 6
© Syougo Kinugasa 2017
First published in Japan in 2017 by KADOKAWA CORPORATION，Tokyo.
Simplified Chinese translation rights arranged with KADOKAWA CORPORATION，
Tokyo through Timo Associates Inc.，Japan.

图书在版编目（CIP）数据

欢迎来到实力至上主义的教室.6/（日）衣笠彰梧
著；虎虎译. —北京：人民文学出版社，2020（2025.3 重印）
ISBN 978-7-02-015404-3

Ⅰ.①欢… Ⅱ.①衣… ②虎… Ⅲ.①长篇小说-日
本-现代 Ⅳ.①I313.45

中国版本图书馆 CIP 数据核字（2019）第 155200 号

责任编辑　卜艳冰　曹敬雅
装帧设计　钱　珺

出版发行　人民文学出版社
社　　址　北京市朝内大街 166 号
邮政编码　100705

印　　制　上海盛通时代印刷有限公司
经　　销　全国新华书店等

字　　数　163 千字
开　　本　787 毫米×1092 毫米　1/32
印　　张　9.25
版　　次　2020 年 7 月北京第 1 版
印　　次　2025 年 3 月第 9 次印刷

书　　号　978-7-02-015404-3
定　　价　49.00 元

如有印装质量问题，请与本社图书销售中心调换。电话：010 - 65233595

栉田桔梗的独白

人都会按照自己的理想而活吗？我就是如此。我习惯了理想中的自己。

我懂事起就意识到自己拥有受上天恩惠的容貌。因为记忆力好，所以也很会读书。我既擅长运动，对聊天也很有自信。

不仅手很巧，也拥有合理应对突发事件的智慧。

那么，我是个完美的人吗？

要是这么问的话，答案就会是NO。当然有人比我可爱，世界上也有许多聪明或运动能力强的人。那是理所当然的事。对，是理所当然的。

可是，我想人多少都有不服输的心情。

不论外貌、读书、玩电玩，还是唱歌能力，等等。

人在自己擅长的领域输给其他人时，心中都会萌生不甘心的情绪。

一切都在平均值之上的我，怀有极大的自卑感。

每当我输给身边的人，自信心就会动摇。每次只要一输掉，我心里就会产生阴影。我也曾经因为强大的压力而呕吐过。

现实很残酷。我不是平凡人，但也绝对不是天才。

小时候还算可以。只要我做完一些作业，周围人就会吹捧我。

他们会夸赞我是天才、是神童。当时我心情很好，内心雀跃。

我不管做什么在班上都是第一。我曾经是个英雄、偶像。

这样的我，在升上初中之后，就开始遇见在各领域上超越我的人们。

我绝对赢不过、无法战胜的对手。这个现实沉重地压在我的心上。

所以我寻了退路。为了逃离这个痛苦。

我想要不输给任何人的东西。我想要受人尊敬与羡慕，但光靠读书和运动是不行的，这些我比不上人家。

这样的我好不容易得出的结论，就是——得到比任何人都要多的"信任"。

我决定借由比任何人都更讨喜，来获得优越感。

例如对我看都不想看的恶心男生伸出援手，而且我也会帮助令我怒不可遏的丑女。我压抑自己的情感，不吝惜地分享虚伪的笑容和温柔。

我成了任何人都喜爱，而且不输给别人的存在。

老实说，那些日子很幸福。

同时，我也得以知道一件事——信任是任何东西都无可取代的美酒。

也明白信赖这个优越感的背后有"秘密"的存在。

人找到发自内心能信任的对象时，就会坦白藏在心里的事。

班上最受欢迎的男孩子的暗恋对象，以及班上最聪明的人的意外烦恼，从重大秘密到无关紧要的秘密，都被我知晓了。每次听见因为关系变得要好而向我坦白道出的秘密，我的心里就会很雀跃。

每当紧握也可以称作对方生命的重要秘密时，我就会高兴得发抖。

我比任何人都受信任——这成了我的存在意义。

可是我没有发现。

没有发现那份信赖只能从涂满谎言的生活中获得。

我就这样每天顶着巨大压力生活。

然而……那个事件发生了。不，那是不小心发生的……

但那无可奈何。

谁教大家都拒绝我。

没办法呢。

因为伤害到别人，就算被伤害也不能抱怨。

人若犯我，我必犯人。

这是当然的吧？

但，这样大家心中"我"这理想人物就分裂了。

尊敬与羡慕消失，转为恐惧与憎恨。

那不是我所追求的。

我追求的只有一个。

就是成为受大家信赖的存在。

再度得到那份"优越感"。

所以我不会再重复那种事。我如此发誓。
所以我才会对新的校园生活满心期待。
所以这次我一定要成功。

所以我才这么下定决心。

可是……

可是、可是、可是……

对我来说理应要成为第一步的入学典礼，却变成最糟糕的一天。

因为我在开往学校的公交车上再次遇见了堀北铃音。

她是唯一知道那个事件的人物。

只要有那家伙在，我就不会有真正的安稳。

逐渐改变的 D 班

体育祭结束，迎来渐有寒意的十月中旬。

学校举办了下届学生会成员的总选举，接着马上就到了学生会的新旧交接典礼。这是集合全校学生到体育馆的大型活动，不过，对大部分一年级学生来说，这也是段很无聊的时间。学生看起来都昏昏欲睡，但大家都屏住呼吸，以免被以老师为首，包含高年级学生在内的人给盯上。

"那么，请堀北学生会会长发表最后的感言。"

堀北学随着司仪的发言，徐徐走向讲台。

如果是以前的堀北……我是指妹妹，或许光是哥哥登场她就会畏缩。

不过，现在堀北就像在守望哥哥离任一般，带着坚定的眼神凝视着他。

"我对可以率领学生会约两年时间感到骄傲，同时也感到荣幸。谢谢。"

堀北的哥哥结束极简短的寒暄，便静静往后退，回到原本的位置上。

不带丝毫感情的语气，可以说是义务般严肃进行的寒暄。

然而，看来交接典礼不会就这么结束。

讲台上的学生会干部们，依旧以僵硬姿势站立着。

"堀北学生会会长，辛苦您了。那么，在此有请新任学生会会长的二年A班南云雅说句话。"

新任学生会会长的南云被叫到名字后便往前走，站在麦克风前。

在讲台盛情守望其身影的学生会成员中，也有一年级一之濑的身影。

"我是二年A班的南云。堀北学生会会长，实在感谢您至今既严格又亲切的指导。能陪伴历届中也发挥数一数二领导能力的最佳学生会会长，我甚感光荣，同时也想在此表达我的敬意。"

他说完，就朝堀北哥哥的方向深深低下头，接着重新面向在校生。

"容我再次自我介绍。我叫南云雅，这次将就任高度育成高级中学的学生会会长。今后还请多多指教。"

与我在体育祭上瞥见的态度截然不同，南云非常温文有礼。他在体育祭上露出的表情及态度全都销声匿迹。不过我的这种错觉也只是弹指之间的事。

南云就像要一改沉稳气氛似的露出轻薄的微笑。

"我就开门见山地说了。首先，我承诺将改变学生会的任期与任命，以及总选举的制度。我认为可以把堀北会长历年在十二月举办的总选举改到十月，这会是一种尝试。在更早的阶段就考虑到下一任的做法将产生一定的效果。因此，我认为这是新学生会迈向新阶段的时刻。我也会把学生会会长以及学生会干部的任期延长，而且直到毕业为止都能继续任职。同时废除总选举制度以及规定人数限制，建立随时可以申请加入学生会的制度。换句话说，只要是优秀且有用的人，不论何时、不论多少人都能成为学生会的一员。万一有人在任期内被认为不适任，我也会建立在会议上进行多数表决。以此为开端，请容我向集合在此的学生、老师及前任学生会会长率领的学生会诸位干部进行宣言——我打算把历代学生会遵守至今，学校应有的模样全都破坏掉。"

他强力地扬言道。这发言仿佛在否定站在他身后的前任学生会会长的一切功绩。

"我本来想立刻执行我所想的新体制，但是很遗憾，我无法这么做。因为新上任的学生会会长会有各式各样的限制呢。"

南云瞥了前任学生会会长堀北一眼，随即就转向在校生们。

"我保证会在近期掀起大革命。有实力的学生就尽管往上爬，没实力的学生就坠到谷底。我会将这所学校变成真正的实力主义学校，还请多多指教。"

体育馆顿时因这项宣言而鸦雀无声。但随后，几乎所有二年级学生都发出喜悦的尖叫声，热闹了起来。让我感受到也许二年级生与三年级生之间，有着我们一年级不知道的战斗。

1

现在是第二学期过半的某个午休。

我的周遭开始一点一点发生变化。D班经过无人岛、体育祭这种大型活动，虽然步调很缓慢，不过我们开始拥有作为班级的凝聚力。原本很小的朋友圈逐渐扩大，当初以为无法打成一片的人们也要好了起来。

大家在上课的表现也显著地好转。很大的因素就是带来迟到、打瞌睡、私下交谈、施暴这些种种不安要素的问题儿童——须藤发生了变化。

尽管体育祭没过去多久，但可以看出他的态度有了明显的改善。偶尔会看见他上课昏昏欲睡，但那大概是他在篮球社剧烈运动带来的影响。他在课堂上就算很困也一定会记笔记。因为日后要整理给堀北确认，或许这种监视体制也带来了影响。

他对池、山内那些朋友也不再使用粗鲁的暴力，相处方式变得很和气。

这大概是因为自己恣意四处大闹而觉得丢脸，以及不想影响心上人堀北对自己的评价吧。变化的原因大致上就是这些。

总之，须藤正在一步步地成长，并开始提升周围人对他的评价。

另一方面，这种变化不光是须藤，也发生在我身上。

虽然该把这理解成是好事还是坏事，界线非常难以判断。

"你一个人吗?"

我正在收拾书桌时，被人从正侧方搭了话。

"一个人不好吗?"

感觉我隔壁邻居堀北好像轻笑了一下。我稍微瞪了她一眼。

"你重要的朋友——池同学、山内同学，来约你的次数急遽减少了呢。"

"……是吗?"

她特意加上"急遽"这个词，表现出了她的坏心眼。

"哎呀，是我误会了吗? 最近中午和放学后，你好像都是一个人呢。"

池和山内带着博士出了教室。他们应该是要去榉树购物中心吧。

我认为自己就像释迦牟尼佛一样冷静，但堀北似乎看穿了一切。

对。这点应该就是我的一部分变化。体育祭之后，我就很少受到他们的邀约了。不，是他们完全不理我了。

"没办法呢。他们本以为你与他们都是一丘之貉，是一群没用的学生，所以才会团结在一起，但你其实藏着很强的体能。"

"什么叫很强的体能啊。我顶多是脚程快了点吧。"

"快了点？快了不止一点点吧？再说，他们应该也意识到至今为止的事情了吧？他们大概也注意到了你测量握力的数值高于平均。况且，你应该知道吧？人基本上都讨厌比自己优秀的人，而且你把自己真正的实力隐瞒了呢。"

这种事用不着你说我也知道。不过，我也不得不承认自己并没有完全理解。抱着"顶多只是跑得快"的想法是事实。

"那么，你就慢慢享受单人生活吧。"

堀北留下一句挖苦的话，就好像要去哪儿似的飘逸着长发，接着离开了教室。

她明明总是独自一人，威风凛凛的态度却有点令人尊敬。

我目送她的背影，这时，还留在教室的轻井泽对我投来难以言喻的目光。但眼神才刚交错，她就仿佛没打算看我这里似的自然撇开视线。那眼神明显别有意图，但她没有特别说些什么，就随着堀北的脚步走出教室。她飘扬的短裙让人很在意，似乎比其他学生都更短一些。

"那家伙是怎样……算了，无所谓。"

"欸，绫小路同学。"

当我正思索要怎么做时，身边却出现了一名意想不到的访客。

她是和轻井泽同类型的辣妹——佐藤。我不知道她叫什么名字。她是和池、山内他们关系也很不错的女生。我也加入了他们的群聊，但和她几乎没有交集。

虽然是同班同学，但我和她几乎没说过话。

她是愿意接近男生的女生，感觉会像栉田那样受欢迎，但她在异性中并没有多少人气。

池好像是说她外表感觉很轻浮，一定很熟悉男人，他谢绝那种轻浮女。男人心真是复杂。

就拜访的时机看来，她也许在等我落单。

佐藤带着一副不太沉着的样子张望四周。

"有什么事吗？"

面对这稀奇的状况，我只能这么反问。

"嗯，算是吧。一言难尽。"

她含糊其词。遗憾的是，我无法推测出她到底想说什么。

我极度缺乏有关佐藤这名学生的个人信息。

"该怎么说呢，可以稍微耽误下你的时间吗？我有些话要说。"

这还真是稀奇。我加强戒心，可是我胆子没大到能拒绝邀约。比起鼓足勇气拒绝，提起勇气接受会比较轻松。

"这里有点不方便，换个地方可以吗？"

在我回答之前，佐藤好像就猜到我不会拒绝，于是提出希望更换地点。我便跟在她的身后迈步而出。

"啊……"

在我要走出教室之际，佐仓一副想说些什么的样子叫出了声，但她并没有来找我，也没追过来。

我们出了教室，来到通往体育馆的走廊。平时因为在体育馆玩耍、练习的学生常常经过，因此这里都会很拥挤。不过现在是午餐时间，所以这里人迹罕至。要谈事情，这里或许很理想。

佐藤似乎并没有要和其他人会合，她停下脚步后便回过头来。

"我要问件有点奇怪的事……绫小路同学，你有正在交往的女生吗？"

"呃，这什么意思？"

"就是字面上的意思嘛。就是你有没有女朋友……"

若是被问有没有的这种二选一的问题，我就不会存在"没有"之外的选项。

这就像在强调自己有多么不受欢迎，虽然我很不情愿，不过也没必要说谎，所以我就老实回答了。

"没有……"

"这样啊……那么，我可以把你当作正在招募女朋

友吗？"

她没有瞧不起我，也没有怜悯我，反而有点开心地露出笑容。

到这个地步，我也开始了解这到底是怎么回事了。

这是为了害我的陷阱吗？我姑且戒备着四周，不过似乎没人躲起来看我慌乱的迹象。当然，出了教室后我也没被跟踪。

那么，这就会是佐藤自己，或是她身边的朋友把我列入了男朋友候补。为什么会突然在这个时间点呢？

"从朋友当起也行……和我交换联络方式吧。"

看来并不是佐藤的朋友，是佐藤本人。

没想到被女生要联络方式的日子居然会到来。

这是——近似告白前的举动。

"总之，我明白了。"

我找不到什么理由拒绝交换联络方式。

交不交往是很遥远的事。现在我只不过是被要了联络方式。

"嗯，这样就完成了呢。"

手机显示"登录完成"的文字。女生联络方式的增加果然是件令人开心的事。

和佐藤简短对话之后，不知为何笼罩着奇怪的宁静气氛。

"我问个很不识趣的问题。你为什么会突然来要我的联络方式啊？"

佐藤稍微红着脸，并且别开了视线。

"因为……体育祭的接力赛跑，该说你非常帅气吗？或者该说至今你都在这么近的地方，我却完全没注意到你？我本来觉得班上男生中平田同学最好，但他是轻井泽同学的男朋友，所以也没办法吧。"

她这么说完，就抬头看我，并急忙补充道：

"啊，我现在已经不觉得你比平田同学差了。老实说仔细一看，你好像比平田同学还帅气，看起来既稳重又温柔……总之就是这么回事啦！"

或许是她本人内心的害羞情绪膨胀起来了吧，句子最后的"啦"字我听不太清楚，佐藤就像风一般离去。我的思绪跟不上与她之间发生的事件，于是伫立在原地。

我在意想不到的场所、意想不到的时机，被意想不到的对象告白。虽然说人生难预料，但这还真是发生了不得了的事。说起来，这种情况我该怎么做才好呢？我对佐藤的感觉不好也不坏，只是把她当作普通同学。那么，拒绝她才是正确答案吗？

不，话说回来她也没有说要和我交往，或是喜欢我。我只是被问有没有女朋友，并且被询问联络方式而已。如果要再补充一点的话，我也只是被她要求从朋友当起，并交换了联络方式。要是贸然拒绝，或许就会被她吐槽，说我在误会个什么。那样会非常糗。

告白与被告白，以旁观者来看都还好，不过一旦变成当事人，就会对该如何应对伤脑筋。现在我很了解佐仓以前被山内告白时的心情。

当我带着十分复杂的心境返回校内时，途中撞见A班的葛城与弥彦。

我以为没必要特别搭话，葛城却停下脚步向弥彦说道：

"抱歉，你先走吧。我有些话对绫小路说。"

弥彦加强了戒心，但也因为这是葛城的指示，他马上就点了头。

"堀北好像没和你待在一起。"

"我们不是总会待在一块。"

该怎么说呢？比起跟女生，跟男生还真是好聊呢。

这么一想，苦于结交朋友的我就很像是个笨蛋了。

"说得也是。比起这件事，老实说上次体育祭最后的接力赛我很惊讶呢。那恐怕是其他班任何人都料想不到的事态吧。"

话题当然会变成这个吧。我一点也不吃惊，因而淡然说道：

"也就是说，D班不会就这么被人压着打。"

"原来如此。但大部分D班学生看起来也很吃惊。如果D班学生的反应都不是演技的话，那么知道你跑得快的人应该不多。"

不愧是葛城——我就先这么评价他吧。他在那场骚动中也好好地观察了四周。

一般顶多会注意身为跑者的我或是堀北哥哥，可是除了自己班级，他也在仔细观察其他班级。

"要怎么想象是你的自由，但我可什么都不会说。"

"没关系。我并没有想硬从你身上问出什么。"

"如果是敌对班级的话，会尽可能地想要对手的情报吧？还是说到头来，从 A 班的立场看来，这是你们不把 D 班当作对手的从容表现？"

葛城露出稍微伤脑筋的表情，并往前迈了几步，接着从窗户环视外面。

"我现在有种种棘手问题急需解决，没余力注意其他班。"

"你对堀北说过呢，叫她注意龙园。"

我对葛城抛出已得知的消息。

"那家伙只要为了赢，会不顾形象地前来找碴。有时候会不择手段，做出如恐吓或是暴力的行为呢。"

然而，实际上葛城戒备的不只是龙园吧。倒不如说，他应该对潜藏在 A 班的坂柳加强戒心。话虽如此，我却刻意不提及那件事。

坂柳有栖是个知道我过去、谜团重重的学生。我若贸然打草惊蛇应该就会被蛇咬。

"恐吓或暴力吗？要是被学校知道的话，会很危险呢。"

"这代表他的手法很高明，不会被学校发现。请你继续劝堀北别小看那家伙。虽然这很像对敌人雪中送炭，你或许会警戒，但龙园对 A 班或 B 班，以及 D 班而言，都是共同的敌人。"

事实上 C 班与所有班级为敌地在战斗。然而，葛城和龙园联手过一次。不知能否相信他。

我一想到那件事，葛城好像就感受到了我的不信任感。

"你无法相信吗？"

对于他的询问，我决定深入核心。

"老实说，我也有无法相信你的部分。很难判断要不要把你的话如实转达给堀北。虽然我无法说出消息来源，但有传言说你和龙园合伙过。是真的吗？"

"……你是从哪里听说的？不，这也不必深究吧。"

葛城好像马上就得到了答案。他没有失去冷静，继续说道：

"现在我很后悔。我实在不该跟他扯上关系。正因如此，我才希望你能听进我的忠告。假如和那家伙接触，可是会受诅咒的。"

我不知道会有什么后果，但葛城应该亲身体验过了吧。话中可信度不太明确，却莫名地有说服力。

"我一开始明明就很清楚——清楚和那家伙联手的危险性。"

"也就表示那项提议是有如此高的价值吧？从联手的意义来看。"

葛城自嘲似的轻笑。

虽然我想这很不干脆，但葛城的表情没有一丝从容。他应该也没有焦急或不安的情绪吧。我决定再稍微深入询问。

"我知道你戒备龙园，但问题应该在 A 班和 B 班吧？我看见十月公开的班级点数喽。"

葛城紧闭双唇，看来他并不是不在意那件事。

A 班在无人岛结束的时间点，班级点数增加到一千一百二十四，遥遥领先于其他班。不过在船上特别考试和体育祭上却大幅丧失点数，退到八百七十四点。相比之下，追在后面的 B 班则是七百五十三点。除了起跑时曾经在同样水准，这是目前最接近的差距。

补充一下，C 班是五百四十二点，我们 D 班则是两百六十二点。

"我确实只能承认这不是个很好的状态。我被学校制度耍得团团转，无法完美掌握班级点数的构造也是原因之一。"

他果然不会贸然提及坂柳的话题。

话虽如此，但就如葛城所说的那样，这所学校的点数系统有谜团也是事实。

看似简单，却意外地有许多难以理解和不明之处。

试着回顾就会很容易察觉了，入学之后学校就马上对迟到、缺席、上课态度进行严格的审核。事实上我们D班就深受其影响，一次扣光了所有班级点数，这件事我现在仍记忆犹新。

然而，现在上课态度的好转等却没有影响到点数。

现在我们当然都在认真上课，但我不认为就会因此不扣分。

现在想想，那说不定就是最初的"特别考试"呢。

"我原本是出身于乡下的初中，这地方和我想象的高中生活截然不同。"

葛城这么说完，有点不满地双手抱胸。

"虽然这件事我们都知道，但这所学校是个难以理解，且构造不可思议的地方。最近我又再次感受到了这点。原本同年级的学生们应该友好相处，彼此绝对不该互相敌对。"

只有这所学校不同于普通学校的这点不会有错。学校创造了学生们难以和睦相处的机制。也可说是由互相竞争的规则构筑而成。根据状况不同，也会发生互相憎恨的情况。这种学校就是这样。

只是相对的，自己人……也就是自己班级里的团结度基本上就会提升。

唉，虽然就班级的凝聚力而言，除了 B 班之外，其他班级实在都很靠不住。

D 班有许多欠缺统整的单独行动，加上 C 班独裁主义，然后 A 班因为争夺权力分成两派——这实在是很难以言喻的状况。

"你不会觉得很不知所措吗，绫小路？"

"老实说完全不会。只是想法不同，这点不会影响我判断这所学校的好坏。如果撇开非得以 A 班为目标的这种框架，这是所无可挑剔的学校。只要在一定程度上努力，我们何止不愁衣食住，甚至还会因为学校支付的点数，获得花在娱乐上的金钱。学校里的任何设施都准备得很周到，而且无可挑剔。"

这点是住在这所学校里的所有人的共通想法吧。只要不是像仙人那样，喜欢山中极端生活的怪人，没有人会不满意现在的环境。葛城也无法反驳。

"我同意。要说有让人不满的地方，就是环境太完美吧。我不认为这是高一生可以享受的待遇。我们又不是熬过了特别困难的考试……说太多闲话了。总之，请你好好向堀北转达龙园的事情吧。"

我听从寡言男人的建议，答应他会转告堀北。

事实上，龙园也正在对 D 班发动攻击，试图击溃我们。

"你应该也只是想平稳度日吧。我们彼此都很辛苦呢……"

我不由得这么嘟哝。

2

当晚，我在房间休息时，轻井泽打了电话过来。我们交换了联络方式，但我仍对初次接到的电话有些惊讶，尽管如此还是接了起来。

"我有点事情想问你。"

我按下通话按钮，把手机贴在耳际，轻井泽马上就这么说道。

"如果有我能回答的，那倒是可以。"

"你被佐藤同学告白了吧？"

我对意想不到的疑问语塞。她怎么会知道？

"班上有好几个女生都已经知道了。"

"你消息也太灵了吧。这可是比网络还快。消息源是谁啊？"

"什么是谁，就是佐藤同学本人呀。我事前就知道她今天要告白了。"

这就像内线交易之类的吗？不，好像不太对。

"所以中午你才会看我这边？"

"……你果然发现了？"

"谁要和谁告白都无所谓，为什么还要互相报告啊？"

"因为女生就是这样。事后互抢也很麻烦吧。"

这就是想要在所有物上先署名那样吗?

男生也有类似的现象,所以也能理解……

即使如此我也有无法理解的地方。

"用不着互相争夺,心仪对象相同的话,就算不做宣言也没关系吧。"

"完全不一样。要是突然宣布正在交往才会招人厌呢。再说,那种事情怎样都好。我想知道的是你的回答。"

不,被问那种事情,我也很伤脑筋。

"我的回答不关你的事吧?"

"是不关我的事……但并不是毫无关系。你威胁我做了那么多事,所以我无论如何都会很在意。女生的情报网很广,相对的,若是不必要的谣言传遍,我可是会很伤脑筋。我被卷入麻烦事的风险也会增加。懂吗?"

换言之,我和佐藤交往就有可能透露轻井泽的秘密。或是只顾虑佐藤,而疏于保护轻井泽。也就是说,她是担心这种事才打电话来的。再怎么想显然都是她想太多了。

看似合理却又没那么合理。轻井泽倾向进行与外表、言行不相称的逻辑性思考,但这次有点太强硬了呢。

"反正你不必操心。"

"你打算接受告白呀。"

"我没那么说吧。"

"你就像在那么说吧，因为你现在没肯定地说自己会拒绝。唉……感觉看得见你的内心，毕竟男生就是那种生物。"

她的想法跳跃得很夸张。这就像是父母把在运动会上拿第一的孩子抬举过头，说将来能当上奥运选手一样的思考过度跳跃。

"就算男人是那种生物，但起码现在的我没有那种情感。"

"那你就证明啊。证明你拒绝的理由。"

"什么证明啊，我没被告白。她只说希望从朋友做起，并且交换联络方式而已。"

"……原来如此。"

为何我就非得告诉轻井泽呢？实在是太难为情了。

"这根本就谈不上什么接不接受告白吧。我们交换联络方式就结束了。"

"哦……算了，总之今天我就先当成是这么回事。"

轻井泽的态度实在很高高在上。

反正都接到了她的电话，我就顺便先把该确认的事情解决吧。

"我想先问一件事，你在那之后都没被C班的真锅她们欺负吧？"

"……嗯，目前没问题。"

　　她的声调下降了一两度。对轻井泽而言，这是她不想被提及的事件。

　　"不过万一发生了什么，你要立刻通知我。我自有对策。就算是那种不准你说出去的强烈威胁，你只要告诉我的话，我就一定会解决。"

　　轻井泽惊讶地屏住呼吸，从电话的另一端传达了过来。我的表达有点强硬过头了吗？

　　"……我知道。该怎么说呢？要是不让你派上用场，我也会很伤脑筋……"

　　为了在这所学校存活下去，轻井泽无论如何都必须守住现在的地位。

　　为此，她必须先彻底封住知道真相的人物。

　　然而，真锅她们那种程度的学生应该连真相为何都无法理解吧。问题应该在于她们身后的龙园。根据状况不同，我会不得不攻击那方。

　　不，那个时刻恐怕每分每秒都正在接近。

　　"话题扯远了，佐藤同学的事你要怎么办？交换了联络方式，也就代表有往下发展的可能性吧？"

　　"我正采取中立态度。起码我对佐藤一无所知。今后对方也未必就会来联络我呢。"

　　"那么，佐藤同学要是不继续缠着你，你就会甩掉她吗？"

　　"什么叫甩掉她？我们也只是交换了联络方式。我应该也不会主动联络她。"

我没勇气光明正大地约她，再说也没自信把情况往告白方向发展。

"是吗？我知道了。那就这样喽。"

轻井泽好像理解了似的准备挂断电话。

"轻井泽。"

"干吗？"

我以为来不及，但叫住她之后，电话没挂断。

"先把和我的手机通话记录删除吧。"

"我早就删了。连邮件也删了。"

"真不愧是你。"

就算没有我的指示，轻井泽好像也做得滴水不漏。

"如果只有这些事情，我可要挂掉喽。"

"嗯。"

我结束通话。

其实我在烦恼该不该再说一件事，但还是作罢了。

因为我觉得就算在现阶段说出未来的假设，那也只会变成轻井泽的重担。

即使时刻到来，如果是轻井泽，她应该也会做出最低限度的应对吧。

而且……届时被要求做出"物理上"的应对也会无可避免。

Paper Shuffle

某天，班级里笼罩着沉重气氛。

不过，这绝不是悲观的气氛，而是充斥着恰到好处的紧张感。

最先感受到这点的应该是班主任茶柱老师吧。

"请就座。你们事前准备好像做得相当充分呢。"

她一来到教室，看不见的气氛就变得更加凝重，并且急速冷却。

本来应有的模样、理所当然的光景——茶柱老师对D班这种不自然的气氛藏不住惊讶。

"所有人都表情认真。实在不让人觉得你们是那个成天打闹D班呢。"

"因为今天就是宣布期中考结果的日子吧？"

池带着有点紧张的表情说道。茶柱老师见状便意味深长地笑道："没错。只要在期中、期末考不及格就会立刻被退学。以前我告诉过你们，你们应该仍记忆犹新吧。会紧张或不安也理所当然呢。不过，你们至今就连那种理所当然的心理准备都无法做好。我很高兴能看见你们成长的模样。"

面对至今都没见过的学生的崭新一面，茶柱老师觉得很值得赞赏，但考试分数并不会因此变好。我们不过只是做好了心理准备。

茶柱老师刻意说出那种理所当然的事。

"但结果就是结果，如果考不及格就要请你们做好心理准备。那么接下来，我要贴期中考结果了。请大家好好确认，别弄错自己的名字和分数。"

正因为这项警告是货真价实的，老师才会叮咛我们。如果有人无法接受结果而大闹，校方应该也会不惜使用强硬手段。因为遍布教室里的高清监视器，总是不停地运转着。

"果然可以看见所有人的考试分数啊。"

"当然，因为这是这所学校的规则。"

学校不考虑学生想保护个人隐私的意愿，就在黑板上贴出 D 班所有学生的成绩。考试成绩毫无保留地渐渐被揭晓出来。就如业务员的业绩目标表被贴在公司里一样，暴露出优秀与不优秀的人。

这种时候，成绩特别优秀与特别差的人尤其显眼。落后的人多少都会感到痛苦，受到周遭的施压及蔑视。

"你们可以把所有科目的平均及格分数基准当成是四十分。考到不足标准分数者，必然会受到退学处分。"

不及格界线与至今的考试几乎没有差别，但情况有点不同。

"现在宣布的分数也会反映出你们在体育祭上的结果。就结果来说，表现活跃者之中也有人分数超过一百，但这同样会以满分处理。"

无法在先前举办的体育祭上留下点数的倒数十名，会在期中考上被扣十分。D班的外村在体育祭上是年级里最差的一个，不得不比其他学生在考试上多拿下十分。

话虽如此，没受惩罚的池或须藤等人的表情也很僵硬。因为不及格就立刻退学的制度，就是给学生身心带来重大负担。

学生们紧张地看着慢慢贴出的考试结果。

然而，我隔壁邻居堀北一点也不着急。

"哦！不会吧！"

成绩排序是从分数低的开始记载。换句话说，在第一学期的期中、期末考都稳稳拿下最后一名的须藤，当然会被印出来——许多学生都这么想。但是，第一棒打者的名字却是"山内春树"以及他的各科分数。下一名是"池宽治"，接着是井之头、佐藤、外村。外村的排名通常都会稍微高一些，排名低应该是因为在体育祭受到惩罚的影响。

"好险！我是最后一名！真的假的啊！"

所幸他每科都超过四十分。英文四十三分，擦边低空飞过。平均分数差一点就达到五十分。山内看到结果一瞬间也吓死了吧。他流了相当多冷汗。

比起这个，令我惊讶的是须藤。他至今都是定位在最后一名，这次考试却大幅跃升至倒数第十二名。虽说有体育祭上得到的点数，但这对他而言也是很厉害的成绩。周围的惊讶表情便说明了这点。他创下了五十七分的平均分数。

"我一口气大大更新自己的纪录了！看见没！而且差点平均分数就达到六十分了欸！"

须藤一找到自己的名字和分数，就高兴地呐喊并且站了起来，甚至还开心地跳起。

"别因为那种程度的分数就吵吵闹闹，你这成绩也是因为有体育祭的加分。真是不成体统。"

"知、知道啦！"

须藤因为堀北严厉说出的一句话，虽然气馁，但也冷静地坐回了座位。

简直就像只忠犬。对主人的命令立刻反应并且执行。

"须藤居然拿下五十七分的平均分。读书会的效果好像很不错欸。"

就算是不拿手的英文，须藤也考出五十二分这个了不起的成绩。

我听说堀北针对这场期中考帮须藤他们那些不及格组补习。虽然我没有受邀负责教学工作，但那也理所当然吧。从其他学生的角度来看，我也没被当作是聪明人。再说，堀北本身也对我的成绩持怀疑态度。

"读书会的效果确实很明显呢。假如毫无准备就参加正式考试，大概就会不及格吧。不过，这次大概是其他因素影响比较大。期中考本身是由比较简单的问题组组，这也算是一种安慰。"

"或许就是如此呢。"

这次期中考与平常的考试相比，毫无疑问难度稍微低了点。因为其中也有好几题我怀疑校方是不是出错了。正因为考虑到这种事，并且坚信不及格确实达到了及格标准，堀北才会如此淡然吧。对照之下，最后一名的山内以相当大的差距输给须藤，好像无法完全掩饰心里的不甘。虽然对担心自己考不及格的学生进行教学就和以前一样，但须藤甚至假日都和堀北一对一学习。恋爱的力量还真恐怖。虽然是一点一点的，但他的成绩也开始提升了。

"你的平均分是六十四分，这实在是很绝妙的普通界线呢。你也该拿出真本事了吧？"

"我已经竭尽全力了。"

要是平时在五十分附近的我突然考一百分，一定会被卷入新的麻烦。

这种时候只要慢慢不起眼地进步就行——我自作主张这么想。

话虽如此，但考虑到须藤排名的上升，我再考高一点应该也可以吧。

"我知道你在扮丑角，所以我已经变得无法老实相信你说的话了呢。"

"虽然我也不清楚你之前有没有老实相信我的话。"

"说得也是。"

这点她就老实地认同了呢……

话说回来，虽说这次期中考的问题很简单，但平时成绩好的学生中也零星出现了得到一百分的人。其他班肯定也考出了相当高的分数。

"这次期中考退学的人如你们所见是零。你们平安无事地熬过考试了呢。"

茶柱老师坦率地夸赞学生。好像实在没有需要责难我们的地方，她的态度很客气。

"当然啦。我也很期待下个月的个人点数哦，老师。"

得意忘形的须藤手肘撑着桌子，光明正大地说道。

茶柱老师对他的态度也宽容地接受，没有垮下笑容。

"是啊，体育祭也没有什么问题。你们应该可以在一定程度上对十一月的个人点数抱有期待呢。话说回来，我就任这所学校以来的三年中，过去的 D 班没有一次到现在这个时期都没有出现退学者。你们做得很好。"

茶柱老师以赞赏的态度评价班上的学生。正因目前为止她从来都没表现出那种模样，好像有不少人很抗拒这罕见的态度。

"总觉得被夸奖心里痒痒的欸。"

平时越少被夸奖的人好像越是害臊。

然而，堀北没有一丝松懈。没人不及格当然值得高兴，但她了解茶柱老师不是那种只夸奖完就让话题结束的人。

老师的态度变得越是沉稳，毛骨悚然的程度就随之增加。

她摇曳着绑起的马尾，在教室里走了起来。

老师好像打算绕教室走一圈，慢慢地经过桌子与桌子之间。

茶柱老师途中抵达池的座位旁，便停下脚步这么说道：

"你平安无事通过一个考试了呢。我再问你一次，你觉得这所学校如何？我想听听你的评价。"

"这……是所好学校啊。顺利的话还能拿到很多零用钱。食物都很好吃，房间也很漂亮。"

"然后……"他一面掰着手指一面追加。

"有游戏卖，也有电影和卡拉OK，女孩子也很可爱……"

与这所学校之间的关联性，只有最后一项似乎令人置疑。

"那个……我说错什么话了吗？"

池好像变得无法忍受老师的沉默不语，于是请示似的抬头望着茶柱老师。

"不，从学生角度看来，这无疑是很棒的环境。就算从身为老师的我来看，我也觉得这所学校实在是太棒了。因为学校为你们提供了普通学校无法想象的好待遇呢。"

老师再次迈步而出，走过最后面的座位，这次走向了我们这边。

这就像上课可能会被点起来回答问题时的心情。你可别来找我搭话。

幸好那份愿望好像实现了，茶柱老师这回停在平田身旁。

"平田，你习惯这所学校了吗？"

"是的，而且也交到了许多朋友，我正过着充实的校园生活。"

平田做出既模范又诚实的可靠回答。

"你背负着出了一次错误或许就会退学的风险，难道不会感到不安吗？"

"我打算每次都全班同学一起熬过。"

平田一心为全班同学着想，看不出迷惘。

绕完教室一圈的茶柱老师回到讲台上。

她好像想确认什么事，我不知道那会是什么。

自作主张推测的话，她也许是想更详细地了解班级里的士气或氛围。应该说是要看清我们能否应对今后的试炼吗？

　　"我想你们也知道，学校针对第二学期的期末考，下星期会先举行一次小考。我想已经有人开始备考学习，不过我还是要再次提醒一下你们。"

　　"呃！才刚结束期中考松了口气欸！又是考试！"

　　天气开始转凉，不擅长读书的学生们的苦日子接连到来。这是场只要还是学生就无法逃离的考试风暴。特别是第二学期的考试间隔很短。

　　"也就是说，距离小考剩下一星期了吧！我可没听说过！"

　　池这么喊道。但关于会举行小考，各科老师都不止一次地通知过我们。我对池这部分没长进的言行都快忍不住叹气了。

　　"说没听过可不管用——虽然我很想这么说，但你放心吧，池。"

　　茶柱老师像在垂下救命之丝似的露出笑容。

　　但我们也差不多知道那并不是纯粹出于温柔。

　　"真的吗？老师！我可以放下心吗？太好了！"

　　照理讲……是要学乖的呢。茶柱老师把视线从池身上移开，并继续说道：

　　"首先第一点，小考共一百题，满分一百分，内容会是初三生的水平。也就是说，这是顺便再次确认你们的基础是否扎实的考试。还有，它和第一学期的小考一样，对成绩不会有任何影响。就算考零分、考一百分都没关系。这完全是为了看清你们现在的实力。"

"哦哦！真的假的？太好啦！"

"不过——我话说在前面，小考结果并不是没有意义。要说为什么，是因为这个小考结果会对下次期末考带来巨大影响。"

果然如此。

体育祭才结束没多久，下个考验就要开始了。

"那个影响是什么啊？说得明白一点啦。"

我也不是不懂须藤会想这么吐槽的心情。茶柱老师故意用激起班上学生不安情绪的方式说话，拖延正题。

"要是我可以说得让你好懂一点就好了呢，须藤。校方规定要根据这次举行的小考结果，让班级里的两人组成一组进行配对。"

"配对？"

平田对于似乎和考试无缘的字眼提出疑问。

"对。该配对将以生命共同体的形式挑战期末考。举行的考试科目有八科，满分一百，各科五十题，共计四百题。这次有两种不能考不及格的标准，一个和至今为止很相似，是所有科目都不能低于六十分，如果有任何一科未满六十分，则规定两人都要退学。而这个六十分是指搭档两人加起来的总分。例如，如果池和平田成为一对，就算池零分，只要平田考到六十分就安全了。"

学生发出惊呼。只要可以得到成绩优异的伙伴，这就会是相当轻松的考试。

但是，有两种不及格的情况是怎么回事呢？

茶柱老师无视学生的反应，更进一步说明起另一种不及格。

"然后，这次新加上的退学基准，就是总分上也会被判断是否及格。就算八科全考六十分以上，只要低于标准就会算是不及格。"

"这点也是算与搭档的总分吗？"

"没错。总分会依据配对的合计分数而定。学校还没公布及格标准的准确数字，但往年的总分标准都在七百分上下。"

生命共同体，也就是共享分数的配对两人都会掉队吗？

七百分也就代表着——因为两人加起来是十六个科目，所以每科平均最低必须拿到四十三点七五分。

就算是堀北或幸村这种成绩公认优秀的学生，根据合作的对象，他们也会背负相应的风险。

"您说及格标准还不明确，这是为什么呢？"

"别这么急，平田。关于总分的及格标准，我之后再好好说明吧。期末考一天考四科，分两天举行。我之后会通知各科的顺序。万一身体不适缺席的话，校方会根据缺席的理由来判断。若真的是无可奈何的情况，则会给学生从过去考试大略算出的预估分数。但如果缺考理由不当的话，缺席的考试则全都会被当作零分处理，所以请你们留意。"

也就是说，这是场绝对无法逃避的考试呢。管理身体状况也算在实力之内，合情合理。

"话说回来，你们也开始变得像是这所学校的学生了呢。如果是以前，在听见考试内容的阶段就会发出惨叫了吧。"

"……也习惯了啦，毕竟一路走来经历了各种事。"

池不怎么惊讶地回答。虽然很没底气，但也可从中看出自信。

"真是可靠的发言呢，池。而且恐怕也有不少学生同样这么想吧。所以，我要给你们一个忠告。只过完一年级的第一学期，最好别以为已经掌握了这所学校的一切。因为今后你们必须通过无数次远比现在更辛苦的考试。"

"请、请别说这种恐怖的事啦，老师。"

一名女生畏惧地说。

"这是事实，所以没办法。例如往年在这场特别考试……俗称 Paper Shuffle 之中，都会出现一组或两组退学学生。大部分被退学的都是 D 班学生。这绝对不是吓你们的，是真的。"

至今都还抱着某种乐观态度的班级笼罩着紧张

气氛。

新的特别考试到来。不过，所谓 Paper Shuffle 是指什么？

"低于及格标准的配对，毫无例外都会被退学。如果你们认为我只是在吓唬你们，那也可以去问问高年级学生们。你们也差不多认识了吧。"

然而，尽管考试内容这么严酷，往年却只有一两组学生退学吗？这也有点不可思议。根据组合不同，这也很可能会演变成毁灭性的结果。

换言之，就是"这么回事"了吧。

"最后，有关正式考试的惩罚。虽然这是理所当然，但是考试中禁止作弊。作弊者将立刻失去考试资格，并与伙伴一起退学。这点不限于这次考试，也适用在所有期中、期末考呢。"

作弊等于退学。乍看之下这大概是很重的惩罚吧。如果是普通高中的话，顶多就是所有科目零分，或是严厉告诫与停学。不过，既然考不及格就会马上退学，作弊就必须退学也无可厚非吧。在此特地警告的意义，就是要防止学生焦急而冲动犯错——我就把这理解成是茶柱老师以自己的方式做出的建议吧。

不过，关键是配对制度考试。

"关于配对决定方式，我会在小考结果出炉后通知你们。"

我一听见这句话，就马上静静握住铅笔。我的同桌也几乎同时握住了铅笔，一边面向贴在黑板上的纸张，一边开始写起了什么。

我斜眼瞥见她的模样，就把握住的笔放回桌上。

我切实感受到了自己的行动有多么不必要。

"小考之后？什么嘛，要是和最后一名分在一起的话，不就麻烦大了吗？"

"唔！被健污辱了！我绝对要好好学习，并且逆转情势！"

"你可别逞强了，我知道你只是嘴上说说而已。我还会更加努力学习的！"

山内表现出心中不甘，苦闷地趴在桌上。虽然须藤嘴巴很毒，不过只要有堀北在，他好像就会孜孜不倦地继续努力学习下去，正因如此他的话多少算是有说服力。

算了，重点不在这里，而是校方目前不告诉我们搭档决定的方式。也就是说如果告诉了我们，我们就能变更搭档对象——其中极有可能隐含这项事实。D班的学生，包含在隔壁振笔疾书的堀北在内，一路经历了那么多场考试，究竟有几个人能够发现这点呢？

"还有一件事。期末考也有从其他层面挑战的课题。"

"还有一件……请问还有什么事吗？"

平田在班级有些动摇的情况中圆场似的做出应对。

"对。首先，期末考要出的题目将会请你们自己思考并制作。再把该问题分配给自己隶属班级之外三个班中的其中一班，也就是说，你们要对其他班发动'攻击'，迎击的班级就会变成是要'防卫'的形式。自己班级总分与对方班级总分相比，获胜班级可以从输掉的班级那里获得点数。即五十点班级点数。"

也就是说，我们要以小组维持在学校规定的不及格标准——各科六十分以上，同时也要超过往年七百分上下的总分标准。甚至，也必须在全班总分上高过对手班级的总分。

"请问点数会有通过班级配对出现差距的可能性吗？A班攻击B班、D班攻击A班，而假设A班成功进攻也成功防守，他们就会得到共计一百点。但如果是A班攻击D班、D班攻击A班的情况，那就会是一次定出胜负了吧？"

"关于这点有明确的规则。直接对决的话，班级点数会暂时变更成一百点，所以不用担心。虽然是很少有的事，但如果总分相同就会是平手，不会有点数的变动。"

"由我们思考问题，并且给其他班学生出题……我从没听过这种事。如果出那种学生无法回答的问题，我想就会变成难度相当高的考试……"

"对啊对啊，比如没学过的地方，还有不合理的陷阱题！不行啦不行啦！"

池等人束手无策地高举双手。

"当然，如果只交给学生们应该就会变成那样吧。为此，你们完成的问题会由教师进行严正且公平的检查。如果超出教学范围，或是无法从出题范围解答的问题，我们都会请你们修正。我们将会反复确认，让学生逐步完成题目与答案。应该不会变成你刚才担心的那种事态吧。池，你了解清楚了吗？"

"嗯。勉强算是吧……"

他轻易就被哄骗了，但这不是那么简单的事。

"出四百道题目吗？时间好像会相当紧迫呢。"

距离考试还剩下一个月的时间。一个人出题目的话，一天就必须出十到十五道题目。人数越多就会越轻松，但题目质量应该就会出现参差不齐的情况。虽然学校留给学生充足的时间出题，但考虑到所出的题目可能会被学校修正，因此必须加快出题速度。如果考虑到 D班拥有的"缺点"，出题时间就会相当紧凑。平田好像也知道这点，才表现得很不知所措。

"万一题目与答案没完成，学校也留有补救措施。试题会全部替换成校方预先出好的题目。但是请注意，你们最好把校方准备的题目难度想得比较低。"

所谓补救措施听上去不错，但实质上就是败北。

无论如何都必须完成题目。率领班级的实力者除了自己的课业，还必须思考出给其他班的题目。这感觉会变成一场很艰难的考试。

"出题时要在班级里决定还是找老师商量，或是和其他班、其他年级的学生商讨，抑或是活用网络，一切都自由。没有特别限制。只要是校方能允许的题目，简单也好、困难也好，学校不过问内容。"

"我们要挑战的期末考，当然也会是其他班出的考题，对吧？"

"没错。你们应该会好奇的大概就是对手班级是哪个班。不过，这点很好理解。就是学生方指名一个班，并且由我向上呈报。到时如果和其他班的选择重叠，学校就会叫出代表人进行抽签。反过来，如果没有重叠就会这么确定下来，变成要对那个班级出题。我会在下周举行小考的前一天听你们汇报要指名哪个班。在那之前你们要谨慎思考。"

考试照理来说是要面对校方，这次实质上却变得要与某个班级进行一对一战斗吗？

这么一来，除了配对总分会被要求多少的疑问，还会涉及复杂的机制。

"以上就是小考、期末考的考前说明。剩下就由你们自己去思考。"

茶柱老师总结后，今天的课程就全部结束了。

1

"我要开作战会议，绫小路同学。你可以帮我叫平田同学过来吗？"

下场特别考试刚一宣布，堀北就站起来说道。

"好的。"

我简短回答，接着向平田搭话。堀北在这段时间去找须藤。我们D班现在正逐渐受到其他班级的关注。

这对我本身也带来了巨大变化。

我至今为止都是不中用的存在，但因为在体育祭接力赛跑上的表现，一口气提升了名气。这也是理所当然。我无疑会被龙园或一之濑他们当作堀北幕后的操纵者来强烈警戒。

那么，通常都会怎么做呢？

和堀北保持距离？突然保持距离的话显然会遭受怀疑。

既然这样，我也可以一如往常等待风头过去，但是只要我待在堀北身边，就会无可避免遭受怀疑。

我想说的是，就算我做什么情况也都不会改变。

对方大概不会管我真正的想法，而自作主张地过度解读我的行动。

那么，我就要用我自己的方式，将回到自己原来的立场作为目标。

　　至今堀北的朋友很少，所以与我这个同桌接触的机会必然很多，但今后就不一样了。以须藤为首，她与平田或轻井泽等人的接触应该也会渐渐增加。

　　既然这样，就相对地让我保持距离吧。

　　我不是不想跟她要好起来，可是我不打算任由茶柱老师摆布。

　　如果堀北他们可以走出自己的路，我的负担就自然会减轻。

　　我是这么想的。茶柱老师在提升 D 班这方面，打从一开始就不必特别执着于我。照理来说，只要班里有愿意把班级往上带的学生就行了。

　　至于为何不惜威胁我也要以 A 班为目标，我对茶柱老师的本意不感兴趣。

　　然而，现在也确实还不是可以对堀北放手的时期。

　　假如在此放掉缰绳，D 班就会失控，可以想见最糟的是崩塌。我要先把人聚到堀北周围，再静静地逐渐淡出。

　　重要的是步骤，接着是准备及结果。

　　"他马上就会过来。"

　　我叫了在和同学说话的平田，接着回来通知堀北。

　　"我这边也一样。"

　　须藤好像是去洗手间，我看见他刚刚走出教室的身影。

"所以，我们该怎么看待这次的考试呢?"

堀北在人到齐前问道。

"只要按照茶柱老师的话去理解就可以了吧。这应该会是场难度比较高的考试，虽然各科不及格标准偏低，但如果要赢过其他班，必要的总分就相对会变高。而且配对系统也很棘手。再加上如果是其他班出题目，也可以预测难度会提升大约两倍。特别棘手的是出题者个性越扭曲，难度就会变得越高。就算是答案相同的题目，根据题目内容不同，正确率也会大幅变动。"

"是啊……这次不光是考验学习能力，还考验出题目的能力。"

如果只是像先前那样帮担心不及格的学生补习是不够的。虽然掌握其他班擅长、不擅长的部分会最为理想，但他们不会那么轻易就暴露吧。

不过，要做的事情之中也有许多部分和目前为止的期中、期末考一样。

在这层意义上感觉也可以把它理解成难度比无人岛或船上的特别考试还低。就如体育祭是考验一路累积而来的体力，这次考试也可以说是考验一路以来累积的学力。

"能使手段就该使出。毕竟也有提示呢。"

"嗯，我也发现了。"

静静回答的堀北继续说道:

"你平时都会注意对方的言行呢。校方都会把那些提示隐含在话里的各处。茶柱老师的措辞中应该挑出的关键词是——小考结果完全不影响成绩、总分不及格标准尚未确定，以及小考后会说出决定搭档的理由这三点。"

面对这既完美又令人愉悦的理解，我不禁在心中洋溢笑容。

不久，被叫来的平田前来会合。

"久等了。是要讨论针对期末考的对策，对吧？"

他也叫了轻井泽。轻井泽一副觉得麻烦的样子瞪着我们，但仍接受了平田的请求，并往堀北这里靠了过来。

"抱歉呀，因为我认为应该立刻商量。"

如果是刚入学的话，任何人都会对堀北的召集感到惊讶吧。也因为现在堀北在班上的立场变得犹如参谋，同学们自然而然就接受了这点。

"如果没问题的话，我想要立刻开始。"

"咦？要在这里吗？我反对。反正都是要讨论，我们就去帕雷特嘛。好不好，洋介同学？"

轻井泽搂住平田的手臂，并且使劲地拉着，彰显自己的存在。我一开始遇见轻井泽时，她就会使用这种方式撒娇。顺带一提，帕雷特是学校里的咖啡厅，是个午休与放学后都会以女生为中心充满活力的地方。我看着轻井泽，刹那和她对上眼。我不记得自己特别指示什么，轻井泽却迅速甩开平田的手臂，表现得不是很沉着。

"也不知道哪里会有敌人的眼线，好吧。"

比起在此反驳招惹轻井泽的反感，堀北应该是觉得换个地点会比较轻松吧。虽然堀北本人没有感觉到，但这点也可以说她确实有所成长。

"那个，我也可以参加吗？"

加入对话的是同班同学——栉田桔梗。

"会给你们添麻烦吗？"

"我赞成，栉田同学也很了解班上的事。再说考虑到期末考，我也想多听几个人的意见呢。"

轻井泽的立场是都可以，因而默不作声。那么，堀北会怎么做呢？

"当然呀，栉田同学。我本来就打算等会儿去叫你。"

堀北像在说省下叫她的工夫似的立刻赞同。

"能请你们三位先过去吗？我解决一下私事再过去。"

他们三人点点头，没特别提出异议，先前往了咖啡厅。

"拉栉田入伙好吗？"

对 D 班来说，栉田桔梗是宝贵的战力，但她与堀北的关系水火不容。虽然详情只有当事人清楚，但也很难断言栉田不会阻碍我们的计划。

而且，D班在体育祭上因为栉田的背叛而陷入危机。

"在那种场面拒绝也很奇怪吧？"

确实如此。堀北会老实接受也是看准这点了吗？

"久等了，铃音。"

"没关系。讨论场所也变更了。我要和平田他们在帕雷特会合。"

"哦，这样啊。抱歉，我能去社团活动露个脸吗？我想起学长叫我去。我想二三十分钟就会结束。"

"没关系，你办完事就立刻来会合。"

须藤露齿一笑，拿着背包急忙出了教室。

堀北晚了点也拿起包。我配合她也决定行动起来。

"那我要回去了。你好好加油吧。"

"等一下。我也要请你参加。作为平田同学与轻井泽同学的中间人，你是不可或缺的。现在的我对他们的影响力还不大。"

"……果然是这样啊。虽然你说影响力不大，但我想现在的你可以在一定程度上顺利控制班级呢。你期中考没有我的帮助也办成了读书会吧。"

事实上，安排商量到决定地点都是她独力完成。就差那么一步了。

"如果只看那点或许是这样。但如果栉田同学在场就另当别论,这是例外呢。而且我也有事必须先告诉你。至少要请你参加今天的讨论。还是说,你对她的行动不感兴趣?"

这说法实在很狡猾。在此先老实回答才会是上策吧。

"说没兴趣是骗人的呢。"

她对班上所有人都可以一视同仁,为什么只对堀北展现出如此强烈的敌意呢?

对我来说,那也是件极为费解的事。我对这部分多少产生了兴趣。

"关于她,我可以告诉你我所知的部分。"

堀北如此断言。她决定在这个时机说出,好像是有理由的。

"老实说,我不想四处张扬她的过去,但我认为有必要先告诉你,因为我觉得结果上应该会对我有益。"

"我还以为你没打算告诉我有关栉田的事。"

"你为什么会这么想?"

"你至今都没有主动说出栉田的事情吧。倒不如说,我完全无法想象你们陷入敌对关系的原委。你什么时候跟栉田发生纠纷的啊?"

我斜眼确认堀北的表情,比我所想的还僵硬。

"我没办法在这里讲,你能理解我吧?"

虽然说没有人在意我们的对话，但是教室里有无数耳目。

"……我知道了。我陪你一起去总行了吧。"

我就期待内容有值得赴约的价值吧。

我们出了走廊，穿过人群之后，堀北就小声地说了起来。

"要从何跟你说起才好呢。"

"从最初开始。因为我只知道你们两人现在关系不好呢。"

还有栉田拥有的黑暗面。我想知道这点。不过我刻意不提及这点。因为我还不知道堀北知道些什么，以及打算说些什么。

"我先告诉你，我对栉田桔梗这人并没有深入了解。你和栉田同学最初是在哪里遇见的？"

这大概只是在做一般确认吧。我姑且认真地答道：

"是在公交车里吧。"

"对。我和你一样，第一次见到栉田同学也是在入学当天的公交车里。"

那件事我现在还记得。当时有一名没空位而不得已站着的老婆婆，栉田对那名老婆婆伸出援手，试图让她坐到位子上。那本身是个善行，任何人都不会责难的善意。但遗憾的是，我记得没有立即出现要让座的人，栉田当时费了一番功夫。我也是不打算让位的其中一人，所以印象也很深刻。

"要说你有被她讨厌的要素，也就只有那个时候了……但如果是这样，在她直接提出请求让座时表示拒绝的高圆寺就不用说了，不打算让座的我也会被她深深厌恶才对呢。"

我并不是说栉田喜欢我，但她只对堀北异常强烈地表现出敌意。

"我当时还不认识栉田同学。不，正确来说是不记得。"

"你这说法代表你和栉田在这所学校相遇之前就有交集吗？"

"嗯，我和她是同一所初中。那所学校与现在这所的距离相隔甚远，是一所非常特殊的学校。所以她大概做梦都没想过会遇到同所初中的人吧。"

"原来如此啊。"

我听到这里，便解开了一个大谜团。在我遇见两人之前，堀北和栉田之间的因缘就已经开始了。

既然如此我就可以理解了。我无法明白她们的关系也是必然的。

"我是在第一学期的读书会之后想起这件事的。我的初中是学生超过一千人的大型学校，而且我不曾和栉田同学同班，不记得也没办法吧？"

假设堀北初中时期也是像现在这种个性，我一点也不会惊讶。

　　她应该是没交朋友，每天都淡泊地埋头在课业里。

　　"初中时期的栉田是怎样的学生？"

　　我们没有直接前往帕雷特。因为我们觉得谈话会超时，所以在校内绕圈似的走走停停。距离咖啡厅越远人烟就越是稀少，这样也方便。

　　"谁知道。就像我刚才所说的，她和我并没有交集。不过，栉田同学当时的人气与现在一样高，说不定比现在人气更高，这点我可以肯定。回想起来，我曾经看过她在各种活动上处在同年级学生们的中心的模样。她对所有人都很温柔，而且给人印象很好，是个大红人。虽然没有加入学生会，但应该相当有凝聚力。"

　　如果她担任了职务，堀北可能也会记得她是同年级学生呢。确实，我所认识的栉田也完全没有就任任何职务。

　　恐怕就如堀北所说的，栉田给人的印象之好从初中开始就没有改变，而她现在应该也在发挥着这点优势吧。

　　两人看似有交集，事实上却没有。我还是无法解开为何堀北会被栉田如此厌恶的谜团。其秘密恐怕就藏在这话题的后续里。

　　"看来她也不是无法和你交朋友才讨厌你的呢。"

　　这不是那种能不能交到一百个朋友的问题，即使是栉田，她也不可能和全体在校生交朋友。

"嗯，关键的是接下来要说的内容。但是你要先记住，这完全属于谣言的范畴。真相只有栉田同学自己知道。"

堀北重新做了开场白，并开始严肃说道：

"在我初三快毕业的时候，二月底的某一天，有个班级集体缺席的事件。"

"应该并不是流感，对吧？"

"嗯，消息也立刻传到我耳里了呢——据说以某个女生为开端，发生班级分裂的事件。然后，那个班级直到毕业都没有恢复原状。"

"那名女学生是谁，在这场合下连想都不用想了，对吧？"

"就是栉田同学哟。但我不清楚他们为什么会被逼得班级秩序瓦解。校方恐怕也彻底封锁了消息吧。如果见光的话，学校的信誉就会降低，也很可能会给许多学生的升学或就业带来巨大影响。即使如此纸也包不住火。谣言也在学生之间广为流传呢。"

"即使是片段也好，你没听说过什么吗？"

我想知道大概是怎样的事件。堀北一边回忆，一边说道：

"事件曝光之后马上就有同班的学生谈论起这件事了呢。好像是说教室被弄得一团乱，黑板或桌上尽是诽谤、中伤的涂鸦。"

"尽是诽谤、中伤的涂鸦。是枥田遭受了霸凌吗？"

"不晓得呢，因为同时流传着好几个版本的谣言。像是班上某人被霸凌，或反过来是某人去霸凌谁。好像也有做出严重暴力行为的谣言，但是那些都模棱两可。"

总之，当时好像流传着无数个谣言。

"不过，我转眼间就没再听见那种谣言了。关于那件事大家都不会去谈论了。明明就有一个班级被逼得瓦解，却被当作仿佛从一开始就什么都没发生。"

应该是某处施压了吧。

"不管怎样，如果消息被封锁的话，你就算不知道枥田就是班级分裂的原因也情有可原。当时的你对谁都没兴趣吧。"

"没错。关于志愿学校，我报考的学校原本就决定是这里，而且我对学力或考试都有自信，所以也没留意那么多呢。"

不愧是这家伙。就算学校评价下降，她应该也有自信考上。

被认为是枥田引起的事件导致班级分裂。可想那恐怕是会给升学或就业带来影响的严重事件。我从现在的枥田身上完全想象不出的那种事。若是这样的话，她无法饶过知道那件事的人也就可以理解了。假如曝光的话，枥田毫无疑问会完蛋。

"如果把事情整理一番的话，便是枥田引起了事件，而你对那个事件不太知道详情。不过栌田本人认为你知道。她认为既然出自同一所初中，你就会在一定程度上知道详情。就是这么回事吧。"

"实际上我确实知道事件是栌田同学引起的，所以这也没错呢。"

她叹了口气。这样我就渐渐看得出堀北的现状了。

总之，栌田单方面的误会与敌意就是原因。对栌田而言，过去的事件可以说就是如此重要，那是她绝对想彻底隐瞒的事。

就算堀北说她不知道事件，栌田也不会相信吧。对栌田来说，或许堀北对内容掌握到什么程度都无所谓。虽然在原本的意义上很矛盾，但在堀北说出有关"事件"的话题，就等于是自己的过去被她知道了吧。这非常棘手呢。

"话说回来……我不懂欸。"

"你是指事件的内容？"

"嗯，全是谜团，甚至让人很不愉快。没问题的班级居然会突然土崩瓦解，你认为这很容易发生吗？"

堀北左右摇头。

"栌田是诱因，也就表示可能是她一个人让班级分裂的。一个学生要做出多严重的事才能使班级分裂呢？"

这规模的事件，若是谁霸凌人或谁被霸凌之类的程度，大概远远不够的吧。凭那种程度顶多只能从班上除掉一两个人。

"我也这么想。老实说，我根本无法想象怎么做才会变成那样。"

就算我想让现在的 D 班瓦解，那也不是这么容易就能办到的事。

"要让班级瓦解的话，应该需要强力武器吧。"

"是啊……"

在此指的武器不光是物理上的意义，还包括各式各样的方法。

"如果你要让班上瓦解，你会使用怎样的手段？"

"虽然以问题来回答问题很抱歉，你知道这世上最强的武器是什么吗？限于栉田能操纵的东西。想想看吧。"

"我想我以前曾经对你说过，我认为'暴力'就是人拥有的最强武器。老实说'暴力'拥有独一无二的强度。不论是多聪明的学者、地位崇高的政治家，到头来都赢不过眼前强大的暴力。只要条件能满足，就算要让班级瓦解也并非不可能吧？因为只要把所有人都送进医院就行。"

虽然很危险，但堀北举的例子也是事实。以瓦解班级来说也会实现。

"是啊，我对暴力是其中一种最强的武器也没有异议。话虽如此，但栉田要靠暴力逼所有人陷入绝境也不可能。那才真的会是个不得了的大事件。"

假如栉田拿着电锯四处大闹，就不会变成校方封锁消息就控制得住的事件了吧。那就会变成电视上也会骚动的情势才对。

"如果有其他不输给拥有独一无二强度的暴力，而且能与之抗衡的东西呢？"

"你想到了吗？想到她是如何让班级瓦解的。"

"如果是由我执行的话，那就是……"

"等一下。"

堀北打断我的话，她重新思索后这么说：

"我很想说'权力'，但这要在校园生活中执行很困难呢……"

虽然她想到了答案，但好像没有信心。

"只要可以发挥的话，权力这东西相当强大，但在这次事情上除外。就算是这所学校的学生会会长也没办法吧。没办法靠权力让班级瓦解。"

"那么会是什么呢？所谓任何人都能操纵，而且藏着让班级瓦解可能性的武器。"

"包括栉田在内的所有人都可以操纵的武器——那就是'谎言'。人类天生就是会说谎的生物呢，所以任何人都能操纵。不过根据时间、场合不同，'谎言'甚至拥有吞噬暴力的力量。"

统计显示人一天会说两三次谎。乍看之下或许会觉得不可能，但谎言的定义很广泛。"睡眠不足""感冒""没注意到邮件""没关系"，不经意的一句话里都包含了谎言。

"谎言……是啊，或许如此呢。"

谎言就是如此强大。一个谎还能把人给逼死。

"那么，我就要在此收尾了。例如，假设全力使用最强武器'暴力'与'谎言'，你能让现在的 D 班瓦解吗？试着认真想想。"

"我不会说绝对没办法。不过我也无法断言一定能办到。就算要靠暴力战斗，也有好几个人很难打败。老实说，我无法想象可以赤手空拳从正面打倒须藤同学与高圆寺同学。而且还有像你这种实力未知的人呢。如果事先准备武器，就算是偷袭，以 D 班所有人为对手的话，也没有多少胜算。这么看来，我果然还是办不到呢。"

堀北好像比我想象的还认真思考，她拼命想出自己能够采取的最佳方式。

"这结论正确。暴力任何人都能使用，但条件相当复杂。"

"话虽如此，但就算要撒谎我也无法彻底操控。再说，班上有很多比起暴力更擅长说谎的学生，所以应该没办法呢。战斗方式也不适合我。"

堀北试着做了好几种假设，却好像都无法解答。

"如果要限定于哪一方的话，我不认为栉田同学拥有足以施暴的力量。换句话说，使用'谎言'让班级瓦解才比较自然吧。"

"是啊……"

"可是，她办得到那种事吗？"

"不知道。应该不是不可能，但起码我也办不到。"

只是要把一个人逼入绝境并没有那么困难。不过，如果是全班就另当别论了。

"是栉田能操纵我们无法想象的暴力或谎言吗？还是说……"

栉田拥有不属于两者的强力武器？

我不知道栉田用了多可怕的武器，但无论如何，她真的让自己班级瓦解的可能性很高。如果栉田也是班级瓦解的受害者，就不会那么仇视堀北了吧。

"栉田同学当面说过呢，她说知道她过去的人，不论使出怎样的手段，她都会把对方赶走。如果必要的话，她也会和葛城同学或坂柳同学、一之濑同学等人联手把我逼入不利的情况。事实上，她就和龙园同学联手陷害过我。只要我继续待在这所学校，就算 D 班被逼入绝境，她也一定不会停止对我的攻击。"

"真是棘手。也就是说只要是为了隐藏自己的过去，她甚至不惜让班级瓦解啊。"

"毫无疑问就是这么回事了吧。"

她居然已经这么对堀北宣言过了，别把这想成是半吊子的威胁应该会比较好。

然后，栉田在宣战后的状况下提议想参加堀北和平田的讨论。这应该也是为了维持自己在班上的立场，但她进行敌对行为……也就是当间谍的可能性也很大。不过，就算有当间谍的可能性，我们也无法把栉田排除在外。栉田已经在 D 班获得了信赖，如果突然把她当成外人，可能会招惹周围的不信任感。

"堀北。针对栉田，你打算怎么做？"

"打算怎么做是指什么？我的选项极少，只能坚持对栉田同学说'我不清楚事件详情'以及'我绝对不会把事件说出去'这两件事，并且让她接受。"

"那样不简单吧。栉田应该会一直抱有疑虑，说起来即使你只知道她让班级瓦解的这件事实，她可能就无法饶过你。"

堀北会找我商量，栉田应该也猜到了。

这样想的话，也难怪她会想让我退学呢……

现在，我就把这件事先放一放吧。

"除了和她反复强调之外，就别无他法了呢。不对吗？"

"这点我同意。这件事没那么容易解决。就如你所说的，让她发自内心接受应该就是唯一的解决办法吧。"

假如从外部强行压制栉田，她迟早也会大力反抗吧。

"那就不必思考了吧。"

"我听完刚才的话，虽然很武断，但也得出了结论。为了升上 A 班放弃说服栉田，并且使出强硬手段，说不定也是有必要的。"

我这么说道，堀北露出生气的表情瞪了过来。

"那是指……让栉田同学退学吗？"

我没有否定，静静点头。先下手为强是基本战术。

但堀北不仅没有同意我的提议，还露骨地表现出强烈的反对。

"我没想到你会对我说出让人退学的这种话呢。以前我打算舍弃须藤同学时，教诲我别这么做的人可是你。然后我就理解了——理解执行舍弃掉某人的那种策略是行不通的。事实上，如果抛弃当时的须藤同学，我就无法向前迈进了。体育祭上说不定也会有更悲惨的结果等着我们。而且我也就看不见在这次期中考进步的须藤同学了。不是吗？"

那么喜爱孤独，而且一直以来都不需要朋友的堀北，竟然变化这么大。堀北曾经关在自己的世界里停止成长。她的急遽变化令我大吃一惊。不过，她要积极向前是无妨，但那作为解决方法并不实际。堀北原本就不擅长对话，能不能说服栉田是个疑问。虽然我很想夸赞她拉须藤入伙，但现在的状况大有不同。

"这和教人读书就能防范退学于未然根本不能比。老实说，我没想过栉田的目的会是出于如此单方面的情感。我本来以为你也有不周之处，只要改善就总有办法，所以才会听你说。可是情况不是那样。只要你在这所学校，栉田应该就会不断地妨碍你。但如此一来，团结合作的 D 班，以及学校制度本身就会瓦解。如果不及早使出手段，你之后应该会后悔吧？"

面对这样的教诲，堀北一点也不打算同意。

岂止如此，她看起来还更坚定了意志。她用力挑起眉毛。

"她很优秀。把周围变成伙伴的能力有多强不用说，她在观察他人的能力上面也很优异。如果她愿意成为伙伴的话，对 D 班来说一定会成为很强的战力。"

我不打算否定这点。如果栉田变成伙伴，的确会很可靠吧。

话虽如此，但那种事真的有可能吗？

"我至今都没有认真地面对她。这也是我的责任。我不能舍弃她。我会不断地和她对话，然后也一定会让她理解。"

看来她自己选择了痛苦的道路。堀北是认真为了班级而打算面对栉田。就算我再继续说三道四，也不会改变什么吧。

"我知道了。既然你这么说，那就再观望一阵吧。"

既然她的眼神如此坚定，我也变得有点想相信其可能性。

说不定她真的能把栉田变成伙伴，就像她把须藤变成能够信任的伙伴一样。

"我不会说希望你在这件事情上帮助我。这也不是因此就会解决的问题。"

"是啊，这是我完全无法干涉的问题呢。"

我们聊了很久，也差不多要绕校园一圈了。应该很快就会抵达帕雷特。

"我会告诉你栉田同学的事，是因为觉得你不会告诉其他人，而且觉得你会理解我。"

"抱歉啊，我无法回应你的期待。"

虽然她只是陈述了坦率的意见，却完全无法得到我的同意。

"我提供了珍贵的消息，所以也可以请你回答我的疑问吗？"

"回答什么？"

堀北停下脚步，带着和刚才一样的坚定眼神，抬头看了过来。看来除了栉田的事情，她还有另一件事要说。

"你在体育祭上……对龙园同学做了什么？"

"做了什么啊……"

她会问我这个问题，也就表示她果然中了龙园的招数。我不清楚龙园在体育祭上的具体行动。

如果一切都如我所料的话，那答案就只有一个了吧。

"我找到了决胜点。只是击溃了龙园最终想到的计划而已。"

"那个手段就是录下龙园同学他们C班的作战会议？"

我予以肯定，并轻轻点头。

"作战会议的录音，通常是拿不到的。你是怎么拿到那种东西的？龙园同学说过有间谍，但你应该不认识愿意暴露C班内情的人吧？"

堀北不知道轻井泽与C班的真锅她们在船上的纠纷，所以这也是当然的呢。

"我使出了各种手段。所以会有录音。"

"还有另一件事。你自作主张地帮我，我很生气。这是当然的呢，毕竟你是以我会失败作为前提而行动。但实际上还是变成如你所料的结果，因此我也无法反驳。再说你不让我对你的事情深究，所以也无法寻求答案。状况很棘手呢……可是，要是没有你在的话，我现在就……谢谢你。"

"真是超拐弯抹角的道谢欸。"

我还以为会被她严厉指责，想不到她最后居然说出答谢的话。

"因为我姑且答应要帮你了，这点事情我会先做好。"

"虽然是我多管闲事，可是你做出显眼行动没关系吗？龙园同学因为这次事件应该已经确信 D 班有人在暗地里行动才对。照理来说，你也进了候补名单里。你安稳的日子应该不长了。"

堀北说得对。现况不是我原本期盼的。

但事到如今我企求安稳的这份愿望已经很难说了。茶柱老师隐约亮出那个男人的身影，再加上坂柳知道我的过去。到头来，没有人知道最后会如何发展。将来堀北的存在说不定会是张王牌。

总之，我现在正在拼命思考该怎么做才能维持平稳的生活。

堀北带着一脸"到底怎样？"的表情，等待着我的回答。

"是啊……我要保留回答。"

"你思考了那么长时间，最后却保留答案。我搞不太懂你这个人了。"

"你从一开始就不懂吧。"

"说得也是。"

我不记得自己曾表现出来，也不记得有让人探究。

不管怎样，堀北都没闲工夫专注在我或是龙园身上。

因为如果不设法处理栉田这个潜藏在 D 班内部的毒瘤，她就会连起跑线都站不上。

2

"啊……真是的，你刚才在干什么啊？也太慢了。连个道歉都没有吗？"

我们一抵达帕雷特，轻井泽就怒视堀北，不断地发牢骚。

"我马上就开始。毕竟平田同学也有社团活动吧。"

"唔哇，竟然无视我。真不愧是堀北同学……"

堀北干脆地无视轻井泽的道歉要求，并且就座。

这么一来以我和堀北为首，这场面就聚集了平田、轻井泽，以及栉田和须藤。

确实距离社团活动开始已经没那么多时间了。

马上就下午三点五十分了。因为这所学校社团活动的开始时间是下午四点半。最该着急的应该是隶属足球社的平田，但他表现得很沉稳，始终面带笑容。他满心期盼着这种会议场面，双眼放着光芒。

堀北就座，连买来的饮料都没拿，就立刻开口说道：

"那么，我们就从下次举行的小考开始说起吧。"

"应该可以不用太在意吧？从期中考开始接连举行的读书会对大家来说负担也很大。而且，幸好学校也保证小考完全不会影响期末考的成绩呢。"

期中考、小考、期末考。连喘息时间都没有的读书风暴，对于不擅长的学生们来说，这应该成了一股难以忍受的压力。

"是啊，我也不打算逼大家读书。不过，我不认为校方实施小考纯粹是为了掌握学生实力。因为我们才刚考完期中考。"

"不是因为期中考的题目很简单吗？"

"所以小考就会出很难的题目吗？这样效率只会很低呢。"

为了突出小考的意义而抹去期中考的意义，是本末倒置。

"也就是说，小考本身是有意义的吧？是有掌握学生实力以外的目的吗？"

"什么？什么？这是怎么回事呢，洋介同学？"

轻井泽对堀北的发言不太感兴趣，但换作平田的话，她的兴致就会提升。

"如果举行小考的理由不是为了掌握我们的学力，那就代表着一件事。小考结果会给期末考的配对带来影响。应该就是这样吧。"

须藤听着平田与堀北讨论，表情严肃。

"你懂了吗，须藤？"

"……勉强。"

看来目前他的理解程度相当靠不住。我们没有停下来等他慢慢消化，而是继续进行讨论。

"期末考的关键——配对，一定是有规则的。换句话说，只要能找出规则，就可以针对期末考使出有利的一招。"

"这是什么意思啊，绫小路？"

须藤悄声问我。他不直接问堀北，应该是为了不打断讨论吧。

"意思是说，搞定小考就是通过期末考的最起码条件。"

"对，我也是这么想的。"

须藤的眼神不停地游移。他撒的谎真好懂。

堀北的解读毫无疑问是对的。依据小考结果决定配对的这个想法没有错。然后，那之中必有可以看穿的规则。

学校答应之后会向学生说明，所以绝不会采取复杂、奇怪的决定方式。

至于堀北理解到什么程度，就让我见识她的本领吧。

"分数相近的人会被分到一组——是这么回事吗？"

轻井泽准确理解并说出自己的看法。

"答对或答错题目很相似，不是也有这种可能吗？"

须藤也拼命地绞尽脑汁，说出他能想到的规则。

"这两种可能性，我都无法否定呢。"

平田面对这样的堀北好像有些许疑问。他脸上的笑容消失，转为认真的神情。

"我大致上理解了，但我对规则有些疑问。"

"是什么呢？无论是怎样的意见，只要能提出，我都很感激。"

对于平田的提议，堀北以一副欢迎的表情望向了他。

"如果真的有刚才说的那种规则，只要向高年级学生确认，答案就会立刻出来。如果往年也举行了相同的考试，其规则相同的可能性也会很高呢。这会是老师要刻意隐瞒的事情吗？"

栉田至今都静静听着，她听见平田这番话，好像也表示赞同。

"我也对此有些疑问。如果是跟我关系不错的学长学姐，他们应该会愿意告诉我。"

也就是说如果是简单的规则，就算一开始告诉我们应该也无妨。所以这也蕴含着不存在规则，或是规则很复杂的可能性。

"真不愧是洋介同学，你说的没错呢。"

堀北斜眼看着称赞平田的轻井泽，双手抱胸沉思着。

"我当然理解平田同学说的话。不过，校方对于找出规则应该也不会持否定态度吧。我反倒认为被学生发现才是前提。"

"这什么意思啊，铃音？说得简单一点啦。"

须藤好像思考过度，头快要冒烟，而忍不住问道。

"换句话说，你是指找到规则不是终点，而是知道规则以后考试才会开始吗？但如果是这样，万一没看穿规则也可能会招致毁灭性的结果呢。"

平田是想到班级半数退学，这个最糟的情况了吗？

"我想这才是这次考试的核心。虽然是假设，但就像平田同学刚才说的那样，假如我们没识破依据小考成绩来配对的规则，就会轻易地通向毁灭性结果吗？但茶柱老师说过了呢，说D班到现在还没出现退学者是第一次。即使是往年也只出现一两组搭档退学。你们不觉得有些蹊跷吗？"

"不行了，我完全不懂。"

须藤放弃，把额头撞向桌子。

"我明白你的意思了。堀北同学，你想说的是'学校设定成就算没看穿规则性，对期末考也不会造成严重的影响'，对吧？"

"正是如此。"

"我可以先问问你的依据吗？"

面对堀北自信的态度，轻井泽问道。

"期末考要以两人一组搭档的形式进行，而且我们的平均分数是至今最高的。考虑到学生出的题目难度会很高，假如没有发现规则……如果没识破规则就参加考试，也就意味着会有悲惨的结果等着我们吧。"

"是啊。万一两名接近不及格的学生成了一组，我觉得会相当痛苦。"

"我们就是为了防止这种情况出现才要找出决定配对的规则吧？"

"对，我们一定要先找出规则。然后，就如平田同学所说的那样，我们要避免成绩接近不及格的学生编成一组。不过，茶柱老师说过，往年只出现一组或两组退学学生。一两组学生退学，这样不是太少了吗？假设我们班成绩差的学生不幸被编成一组，光这样就会有将近十名学生被退学呢。"

"……原来如此。是这么回事啊。"

"欸，洋介同学，这是什么意思？我有点搞不清楚了。"

"呃，我想想。该怎么解释才好呢？那么，为了让脑袋放空，我们就先把要不要识破规则摆在一旁吧。我希望你试着这么假想——如果我们'不知道规则'就参加考试，你觉得会变得怎么样？"

"咦，这不是很不妙吗？如果脑筋不好的学生被分在一起，或许退学人数就会变得很惊人。"

"一般是会这么想的呢。但往年出现退学者的只有D班，而且还是一两组。"

"那样不是很奇怪吗？"

须藤也察觉到了这点。

"这件事情上重要的就是'搭档编组是设定成必然会变成均衡组合'的这点。换言之，那也就是'规则存在的证明'。"

我们通过逐渐深谈完成了"规则的证明"。

"考虑所有过程与结果所得出的答案，就是'得分高和得分低的人会组成配对'这个规则。除此之外就无法想象了。假设我是一百分，而须藤同学是零分的话，最高分与最低分差距最大的两人就会配成一对。这么做的话，就会算出最平衡的考试结果。"

轻井泽理解了，但又浮出了新的问题。

"原来如此呀。可是啊，这样在平均分数附近的学生，不就是最危险的吗？"

"是啊，分数越接近中间层，种种危险性就越是会提高呢。"

分数低的学生会和分数高的学生编组，但中间层与同样是中间层组队的可能性就会变高。

但反过来说，小考的题目难度应该在一定程度上不低。

为了准确测量学力的题目应该正等着我们。

事前的商量或对策，也可以在一定程度上避免这点吧。

"如果向高年级生确认规则，他们也答复与我们所猜想的规则一样，那规则性的问题就解决了。也表示我们可以做下一个阶段的准备。平田同学、栉田同学，可以麻烦你们和高年级生确认吗？"

"当然呀。"

"我会问问看足球社的学长们。"

两人爽快地答应。总之，这样就可以找到对付小考的策略了。

"我还想问一个问题。"

"请说。"

即使面对轻井泽的疑问，堀北也毫无不愿之色地催促她说话。

"虽然说是要组队，但如果班级人数是奇数，这该怎么办呢？"

"虽然也有令人在意的地方，但现在无需担心这点。A班到D班入学时所有班级的人数都是偶数。因为没出现退学者，所以不会带来影响。不过，虽然这是我擅自的推测……如果出现退学者的话，应该就会被迫苦战了吧。"

"真的是这样吗？光缺一个人就会损失，不是很可怜吗？"

就栉田的角度看来，她好像认为校方应该会有体贴的补救方案。

"本来入学时人数就一定会凑成偶数，也代表即使是因为不测事态退学或者休学，这也会作为班级责任来让我们背负吧。"

无人岛和体育祭时，校方对于缺席者都处以毫不留情的惩罚。确实这种可能性很高。即使是出现一名退学者，也有很大的可能给今后的考试带来巨大的不利。堀北大概也察觉到拯救须藤的重要性。

"解决你的疑惑了吗？"

"嗯，算是吧。"

轻井泽的小小疑问被解答后，大家开始下一个议题。

"只要确认小考的规则，就可以前往下个阶段，但我还在意另一件事……我们要指名哪一个班级战斗。我的答案很简单，我们该瞄准的就只有 C 班。"

堀北在听取其他人的意见之前，先说出了自己的意见，也接着继续阐述理由。

"理由不用说，就是综合学力的问题。C 班在学力上不如 A 班和 B 班，仅此而已。这点只要通过班级点数，就很清楚了吧？"

这就基本想法来说应该没错。特地挑战学力强的班级几乎没意义。然而，平田尽管理解这点，也稍微补充道：

"我赞成，堀北同学。不过，A 班和 B 班当然也明白这点。如果假设 C 班学力上较差，应该也很有可能与其他班指名重复吧？如果是可以想象到的坏模式……"

平田在笔记本上写出想象出的组合。

A 班指名 D 班→没与任何一班重复，确定是 D 班。
B 班指名 C 班→抽签获胜→确定是 C 班。
C 班指名 B 班→没与任何一班重复，确定是 B 班。
D 班指名 C 班→抽签输掉→强制确定是 A 班。

"虽然是很不好的情况，但这也很有可能吧。"

"唔哇，变成这样就太糟糕了。我们会被学力强的 A 班出题，而且也就必须以 A 班为对象出题了吧？总觉得没办法赢欸。"

"是啊，其他班没理由不盯上 C 班吧。可是，我们也没理由害怕逃避。应该不必降低获胜的可能性吧？"

堀北主张就算背负抽签风险也应该瞄准 C 班。

"A 班和 B 班之间有明显的学力差距吗？我也很好奇我们和 C 班之间有多么不同呢。"

我抛出很单纯的疑问。

"起码 A 班比较优秀是毫无疑问的呢。不过，我认为差距应该不算太大。B 班和 C 班在综合学力上大概有相当大的差距吧……关于这点我会好好研究一下。"

我们了解 D 班的平均学力，对于其他班却不甚了解。

回想起来，校方也没有告知这点。我们唯一知道的顶多只有班级点数的差距。我们无法从点数差距准确推测出学力。班级点数多寡也不是纯粹的学力差距。假如B班在学力上胜过A班，我们可能也会见到惨痛结果吧。

我悄悄望向坐在堀北隔壁的男生。

与此同时，堀北也觉得不可思议地向那名男生搭话。

"你还真安静呢，须藤同学。你这种时候多半都会很吵才对。"

"这个话题又不是我能理解的等级，要是吵闹的话会打扰到你们吧？"

须藤说出这般理所当然的事，所有人都屏息似的陷入了沉默。

"什么嘛，我说了奇怪的话吗？"

"就是你说出了很理所当然的话，所以我才很惊讶……该怎么形容现在的心情才好呢？"

她大概以为须藤绝对会在中途插话，使讨论变得混乱吧。

面对须藤出人意表的乖巧，她心中似乎闪过了难以言喻的冲击。

"我们要逐一打败对手，对吧？我们不可能一口气升上A班，所以攻击差距最小的C班，当然才是比较浅显易懂的选择。"

"原来如此。瞄准 C 班或许确实也有这种层面的理由呢。我们在总分上赢的话，就会一口气缩短与 C 班之间的点数差距。"

"我可以理解。但如果 A 班攻击 C 班，对我们会比较有利吧？毕竟 A 班总分上毫无疑问会胜过他们，这样 C 班就会失去点数，我们不就很幸运了吗？"

"这就要看我们在这场考试上的具体目的了。但综合上来说，还是应该瞄准 C 班。我们就期待会有某个班级和我们重复指名，并由其他班来击败 C 班吧。"

如果目的在于减少 C 班的点数，或许由总分高的 A 班或 B 班进攻确实会比较好。不过，D 班也想获得胜利并得到分数。要提升获胜可能性的话，对手弱一点会比较有利。要回避 C 班就代表必须击败强敌。结果堀北的攻击 C 班方案——总之，就是攻击弱小班级的作战方案才最靠得住。

"做了种种考虑，大家也赞成堀北同学的方案呢。那我也同意。"

平田应该也只是不愿事情闹大，才提出各种可能性给周围的人吧。

"谢谢。这样就可以进入下一个阶段了呢。"

通过一定程度的商量，尽管有一些波折，但大家的方向性也一致了。

　　我们过了下午四点就解散了，平田和须藤都去参加社团活动。轻井泽也跟着平田前往操场。剩下的就只有我和堀北，以及栉田。

　　"那么，我也会问学长学姐们关于考试的事，然后再向你报告。"

　　"麻烦你了。"

　　栉田装作什么也没发生似的离去了。这也是当然的吧。

　　"你打算怎么做呢，绫小路同学？"

　　"什么怎么做，交给你和平田就没问题了吧。老实说目前的发展几乎是满分，无可挑剔。你对这次的预测也很有信心吧？"

　　"到目前为止算是呢。但要挑战期末考就必须从正面累积实力。"

　　"是啊。总之，要是全班不提升学力，就没什么好说的了。但如果换个说法，这也是提高一定程度的学力就能通过的课题。如果有需要的话，我也可以按照你的希望调整分数，和别人组队。"

　　"我可以把你的人头算进来吧？"

　　"如果只是要这样的话，可以。如果必要的话，我也会参加读书会，不过我不负责指导。"

　　"因为你要彻底扮演没用的学生呢。"

　　"我只是如实呈现事实。"

就我能给堀北的折中方案来说，这是个很妥当的界线吧。虽然我这么想，但这女人靠普通手段好像行不通。

"让我想想。毕竟你也是 D 班的一员，我想给你一个适当的职务。为了所有人都胜出。"

"……我会考虑。"

我光这么回答岔开话题就竭尽了全力。

开始行动的 C 班

同一天、同时刻的放学后，某间教室里的气氛异常冰冷。

原因一目了然，那是因为坐在 C 班讲台上俯视同学的男生散发出的威慑感。

"回顾目前为止的考试，还真是有好几个不自然之处呢。"

回忆般开口说话的男生名为龙园翔。他是 C 班的领袖，是个独裁者。端正地站在他身旁的，是山田阿尔伯特、石崎等武斗派。能让人感受到这种沉默的威胁——万一出现要对龙园造反的学生，他甚至不惜用拳头教训人。

"不过，变成这样可不是用巧合就能解释的。"

这句话乍看之下像是自言自语，却又带着仿佛在说给某人听的暧昧感。

"不管无人岛也好，体育祭也好，D 班里都藏着与我想法相似的人。"

"类似龙园同学吗？我不认为 D 班存在那种家伙呢……"

石崎忍不住发言，心想不可能会有其他像龙园这种类型的人。因为龙园是同时拥有会让人尊敬与轻蔑这两种情绪，既奇妙且令人费解的存在。龙园露出笑容，看

着石崎。

"我曾经也是这么想的呢，但我现在总算开始有了真实感。"

"这也和无人岛与体育祭的结果有关系吗？"

"没错。不过放心吧，对方的做法我大致上已经有头绪了。听好啦，你们。今后我们要彻底盯着 D 班攻击。A 班和 B 班就先摆在一旁吧，我一定要揪出在 D 班背地里活动的人。"

没一个学生对龙园的方针有异议。就算有人不服，也不敢做出发言。因为班级已经和恶魔签订了契约。

"龙园同学……请问 D 班真的有在背地里行动的家伙吗？那个人不是堀北或平田，对吧？"

"对。然后，我们班里就拥有抓住那家伙真面目的关键人物呢。"

他的目光从石崎身上移开，再次投向 C 班同学。

"你想说什么，龙园？"

在这沉重气氛中，伊吹站在教室一隅双手抱胸，同时对龙园抛出这句话。

"呵呵。伊吹，你连安静听人说话都做不到吗？"

"我没那么闲。而且就算你一直威慑同学也没好处吧？"

"没权限的家伙就别多嘴。你之前出了丑吧？"

"那是……"

　　面对这句话，伊吹只能收回她的发言。尤其她在体育祭上败得很惨。伊吹挤掉龙园原定为了击溃堀北而召集的学生，提出要直接和她对决，结果却输得很可惜。她差一点就追上堀北了。

　　然而，伊吹也有反驳的余地。她放下抱着的手臂，瞪着龙园。

　　"你也半斤八两吧？到头来你在体育祭上没能彻底击溃堀北，该回收的个人点数也没得到吧？不就跟我一样吗？"

　　"你说一样？别开玩笑了。我在体育祭制定的作战方案是完美的。"

　　"既然如此，那结果又是什么？也不做说明，如今才说什么有个家伙和你有同样的想法？这样就要叫我接受？"

　　班上的学生们都对伊吹一连串的发言战战兢兢。因为他们想避免触怒龙园。但龙园却在此时露出微笑。

　　"你不认为无论是多么完美的作战方案，只要泄漏出去就没意义了吗？"

　　"……泄漏？"

　　"在D班暗中行动的谜样存在X，竟敢拉拢并操纵在我支配下的C班学生呢。也就是我们当中有间谍。"

　　教室里因为这句话而发生小小的混乱。伊吹也睁大双眼倍感惊讶。

"你是认真的吗?"

"因为这是事实。我的凝聚力……不,是支配力似乎不够。真是非常遗憾。"

龙园对或许混进间谍的事实开心地笑了。

这场灾厄平等临至接着要回家,以及打算要在社团活动上拼命练习的人身上。

现在在场所有人都祈祷着这段时间尽快结束。

"不过,这个胡闹的间谍活动也要在这个瞬间结束了。"

龙园用手掌拍了拍讲桌,控制住混乱,场面便再次沉入一片寂静的海洋。

"我就先老实地问。背叛我的人,把手举起来吧。"

他毫不犹豫地直接这么宣言。理所当然地,同学中没人举起手。当中就只有撇开视线,装作与己无关的人、心想到底会是谁而东张西望的人,或是动也不动地屏住气息,不想引人注目的人。

"我想也是。如果会轻易站出来,就不会背叛了吧。"

间谍的存在也许会动摇C班,可是,龙园却内心雀跃。

"我清楚间谍打算隐瞒到底。那么,就不必站出来了。不,是别站出来。就算是争口气也给我彻底隐瞒藏吧。"

"你打算怎么做？难不成想容忍叛徒继续逍遥法外？"

"你很烦欸，伊吹。别打扰我的乐趣。再这样下去我真的会把你干掉。"

原本笑着的龙园一瞬间绷紧了表情，怒瞪伊吹。

这句话看似玩笑但却是认真的。龙园不会因为性别差异，而差别对待。只要他判断是敌人并且认为碍事，不管使出怎样的手段，他都会让对方退场吧。

"我认为自己的行动至今都尽量不把事情闹大。其他人也许会觉得我在骗人，但这是真的呢。说简单点的话，就是我一直都在放水。"

咚、咚。他再次敲了两下讲桌。那是肃静的钟声。

"不过……这样或许不好呢，所以才会出现叛徒。"

咚。教室更进一步响彻了这声音。每当他这么做，胆小的学生就会抖一下肩膀。

"我现在要玩点游戏。没什么，不是什么大不了的事。这是要找出打算隐瞒到底的间谍的无聊游戏。对在场大部分学生而言，这是没意义的事情，你们完全不必畏惧。没什么，这也花不到三十分钟。"

龙园说着，因为这件事除了间谍这个罪魁祸首之外与其他人无关，所以要大家放松。

这个空间充满了恐怖的气氛，唯一对龙园不会胆怯的伊吹，也开始被龙园的支配感吞噬。

"那么首先，所有人立刻把手机放到桌上。我会亲自检查。应该不会有没带手机的笨蛋吧？有的话请立刻自报姓名吧，那家伙就是犯人。"

听见龙园的话，大家都不想被怀疑，于是立刻把手机放在桌上。

"你们很懂事，真是帮了大忙。"

石崎绕着教室，逐一回收放在桌上的手机。为避免弄混手机，他同时在手机背后贴上写着名字的便条纸，应该是事先准备好的吧。

伊吹也从口袋拿出手机，虽然很不服气，但也递给了石崎。

"龙园同学，所有人的份都收集好了。里面也有我们的手机。"

"辛苦了。那么，我就来一部部彻底调查吧。"

"不过，该从哪里开始检查才好呢……通话记录吗？"

"隐藏真面目的家伙，哪会用容易暴露身份的电话啊。就看邮件记录吧，当然也要看聊天室信息。就算是在和别人对话的内容，我也全都要过目。因为也无法排除对方用随便捏造的名字来互动的可能性呢。"

"等、等一下啦，手机里也有很多私人的东西欸！"

一名女生忍不住这么喊道。

这发言是因为比起遭受怀疑的风险，她更讨厌个人情报流出。

"西野，你就这么反感吗？"

"这还用说！就算是你，我也不愿意！"

"你在开玩笑吗，西野？你在船上应该曾乖乖把手机交给龙园同学吧？事到如今你还在说什么……"

"这、这和当时又不一样。那只是要确认学校发来的邮件！"

龙园一点也不惊讶，淡然地倾听西野的诉求。暑假的特别考试中，龙园确实曾经集中所有同学的手机，并且确认其内容。然而，就如她诉说的那样，当时并未触及任何私人部分，完全只是确认学校发来的邮件内容。与这次看似相同却不同的状况。如果变成私人内容，例如心仪对象、讨厌对象的名字，就算被罗列出来也毫不奇怪。那些是绝对不想告诉他人的事情。

"你当然知道会被怀疑吧，西野。"

"我、我虽然通常都会顺从你，但也有无法接受的事！"

西野平时不会做出强势发言，但她不打算在这个场合退让。

这就仿佛在告诉别人，她背地里有不想被人看见的东西。

"西野，难不成是你？"

班级里开始出现怀疑西野的学生。

其中一人，小田拓海怀疑道。

"不是，我才不是什么间谍！"

"但你想隐瞒也很可疑吧……"

"我只是想保护我的隐私！"

龙园对他们的这般对话完全不感兴趣，把手伸向集中起来的手机。

"你的手机是这部对吧，西野。"

"欸！"

西野以为要被人看见隐私而慌张，然而……

龙园拿起西野的手机之后，就让石崎拿着，接着这么说道：

"还给西野吧。"

"可、可以吗？你没确认内容欸。"

"我叫你还给她。"

石崎对龙园简单地道歉后，就把手机物归原主。

面对这一连串过程，主张保护隐私的西野，以及除她之外的学生都感到动摇。

"这不是什么不可思议的事。因为我判断你是清白的，所以才会还给你。仅此而已。这是理所当然的吧？查看不是犯人的手机，不过是浪费精力与时间。"

龙园不管瞠目结舌的西野等人，不改态度地继续说道：

"无法接受的家伙就像西野那样举起手吧。但要做好会比西野还更被我怀疑的觉悟。"

西野没有被查看手机内容，并且被视作是"清白"的，但第二、第三个人可就行不通了。这说法使话里带有这般含意。看是要选择让龙园怀疑，还是选择保护隐私。

面对这个二选一的选择，四名女生和两名男生尽管害怕，还是举起了手。

"居然有六个人反抗龙园同学……这当中绝对有间谍！最后举手的野村，你不会是想浑水摸鱼吧！"

龙园对语气粗暴的石崎露出阴森的笑容。

"不、不是！我才不会做那种事！"

野村害怕被怀疑而予以否定。

"去拿手机吧。"

"是。"

石崎收集完六人的手机，就立刻交到龙园手上。

"你们的意思是，就算被怀疑也不想让人查看手机，对吗？"

他们各自说法不同，但都点了点头。

"野村。你花了很长的时间才举手，该不会是在计算时机吧？"

"咦……不，不是！"

"你的眼神游移得很夸张，而且还在冒汗呢。"

"唔！"

野村的个性原本就懦弱，痛苦得眼看就快晕厥过去。

龙园见状，打从心底开心似的笑了笑，接着再次对石崎下达指示。

"石崎，这些人全都是'清白'的，把手机还给他们吧。"

他这么命令。这是第二次冲击。龙园根本没确认内容，就全数归还举手的学生们的手机。龙园以外的所有学生都无法理解这种行为。

"这是怎么回事。"

"我之后会解释。"

龙园没有回答伊吹的问题，他把头发往上拨，就拿起伊吹的手机。

"其余人的手机，就让我彻底地调查。首先，就从伊吹你的开始。"

"……随你便。"

1

龙园独自确认所有手机，到刚才结束了最后一部手机的确认。

这段时间约为二十分钟，他分给一部手机的时间连一分钟都不到。实在无法让人觉得他全都确认完毕了。大部分学生都觉得很疑惑，但没有人说出口。

但对间谍来说，自己的手机被查看的那几秒应该是非常漫长，且强烈紧张的一段时间吧。

"原来如此。手机里没有像样的记录啊。"

"看来刚刚西野他们之中果然有叛徒……"

"那不可能呢。"

龙园这么断言，伊吹的焦躁与疑虑却没有消失。

"但事实上你也没找到间谍吧？给我好好说明这是怎么回事。说起来真的有间谍存在吗？"

伊吹心中浮现疑问——龙园说有间谍存在，是不是为了掩饰自己的失败所撒的谎。

龙园从接受无人岛结果时开始，就一直追查着在堀北身后那个看不见的身影，但他却没有任何幕后黑手 X 存在的确凿证据。

事实上，其他班也都开始注意堀北铃音这名少女。

"事实胜于雄辩。那么我就让你听听这个。你们应该都很熟悉吧？"

龙园播出之前 X 寄来的录音。那是只要在这个班级，任何人都听过的声音。那是龙园把作战方案说给 C 班伙伴时的声音。

"在我把铃音逼到绝境而且只差一步时，收到了这东西。拜这录音所赐，我不仅没得到点数，就连她磕头道歉都没能看见呢。这样你理解了吗？"

"等一下。就算假设这录音不是你录的，而是间谍流出的东西，这也会留下疑问。我们没讨论到让堀北磕头道歉的详细时间吧？难道对方连时间都算到了？这肯定不可能。"

如果把龙园的话连起来就会得出这种结论。不只是作战外泄，因为就连堀北磕头道歉的时机都被对方算到了。

"那是巧合，纯粹只是概率问题。体育祭结束的放学后，是防止爽约的最佳时间。再说，我认为对方对铃音有没有磕头求饶不感兴趣。与录音一并寄来的邮件里什么也没写。"

"这是怎么回事？"

龙园边看他收到的没文字的邮件，边做研究。

"拥有这个录音的 D 班幕后黑手 X，看穿了我想到的作战方案。如果他连参赛表会外泄都看穿了，那他也能避免我在体育祭上瞄准铃音攻击。他应该可以借此防止铃音被击溃，并预防被迫磕头道歉的情况。不过，这个 X 却无视这些。尽管识破了我的作战方案，还放任我击溃铃音。铃音当然很痛苦。她没想到自己会受伤，更没想到会输得那么惨。再加上不小心让别人受伤产生的罪恶感，她的精神状况应该相当糟糕。"

"对方是通过让龙园执行作战方案，使录音产生可信度吧？"

戴着眼镜的蘑菇头学生金田会这么想也情有可原。

虽然这是事前制定的危险计划，但如果计划没实施的话，录音就不会作为证据而成立。因为这完全只是"曾有击溃堀北的计划"而已。

"你脑筋真灵活呢，金田。只要默许并让我们执行计划，录音就会产生意义。因为这就会构成作为证据的意义呢。"

"这个 X 的想法还真是凶狠啊。明知会伤害伙伴，却无动于衷地忽视。"

"对。那种家伙不可能会执着在铃音磕头道歉这件事上。这就是这封邮件一个字也没写的理由。也就是说，寄件者根本就不把铃音自尊受伤、失去自尊当作一回事。"

"我无法理解。避免让同班的堀北受伤而事先采取对策，才比较有益吧？"

其他学生大概也抱着和伊吹相同的疑惑。龙园盯上堀北是很明显的，照理讲，在体育祭开始前就可以应对。如配合 C 班作战更改参赛表，或事先把录音寄给龙园阻止他。这么一来，堀北就不会受伤了。

"X 是不是没想到要向校方提交录音呢？"

如果事前知道作战详情，一般都会为了拯救同学而采取行动。但若要说有理由什么都不做并且刻意无视，那就是为了给 C 班带来重大打击。因为在作战方案执行之后，再把那份录音提供给校方，C 班才能受到最大的打击。假如被校方知道 C 班蓄意对堀北反复做出犯规行为，并且试图榨取点数，最坏的情况就是龙园说不定会被退学。

但现在十月也已经过半，这项可能性已经几乎消失。假如现在才重提旧事，调查本身不仅很费事，也会有湮灭证据或制造退路的情况。既然如此，X为何会做这种事？

"这是最后令我们偶然得救的天真战斗方式。该说是他没有彻底活用手里的素材吗？明明早就得到了录音，却很被动地行动。假如堀北已经向龙园支付完个人点数，何止是获胜，这就是X的败北了呢。"

金田分析道，并且做出结论。

既然X在体育祭开幕前就获得作战的录音，照理说能够在体育祭上完全胜利。

"不对呢。X不是没想到有效的使用方法，而是故意不使用。就算铃音很早支付了赔罪的个人点数，他也可以利用录音来威胁并取回吧。因为只要之后再发一封'要是不归还个人点数，就把录音公之于众'的邮件就行了。"

"你是说他知道威胁的方法，但是刻意不威胁吗？"

"对。然后，那家伙也默许我让铃音磕头谢罪。磕头谢罪不同于点数，不能用数字来衡量，只是形式上的东西。之后也没办法取消或者拿回去，对吧？"

换言之，这就代表着……

"也就是说，X很欢迎我玩弄铃音。"

只是因为这样，就毫不惋惜地用掉从间谍手里得来的录音。

"这种事……我无法理解。C班被我们不太清楚的X给救了呢。"

龙园与伊吹不同，他知道X为何做出这种事。

"呵呵……也就是说，他完全不打算抛头露面吧。"

只要追究发给龙园的录音出处，D班的X就会被迫现出真面目。

如果龙园被逼到绝境，他应该会要求掌控全校所有手机的校方公布邮件与通话记录，并且彻底调查，查清X的真面目吧。

而且，他在这名X身上完全感受不到那种要升上A班的执念。感受不到X有想让自己往好的方向发展的意愿——这就是龙园做出的结论。

同时，他也得出另一个结论。

"有点离题了，先回到正题吧。我不知道对方使用了怎样的方法，但'想法与我相似的X'把这个班的某人培养成间谍是得以确定的。因为若非如此，他无法获得录音呢。但大前提是——X即使面对间谍也绝对会隐藏真面目。假如被知道真面目，在间谍被我发现时，游戏就结束了呢。这么一来，要令其进行间谍活动，邮件就会是必要的。虽然也不是不能老派地用写信的方式对话，但这样状况会很受限，而且也很没效率。"

"但大家的手机都没有任何异常吧。并且你刚才也没仔细看吧。"

"这是当然的吧。因为确认手机内容是场面话，那只是表面上而已呢。"

"什么？你说过只要确认手机，就会知道间谍的真面目吧？"

"用常识思考吧。如果你就是间谍，你会特地留下可疑的邮件吗？"

"这……当然不会。所以我觉得确认手机并没有用。"

"对。我会调查手机的这点事，只要稍作思考就会猜到。湮灭证据不是什么不可思议的事。就算间谍没想到这点，但如果是 X 的话，他也会这么指示。换句话说，单纯地认为通过让我看手机就可以证明自己清白的家伙之中存在着间谍。因为这也代表间谍放弃了不让我看手机，这个证明自己清白的机会呢。"

正因如此，拒绝让人看手机的西野等人，就必然会从龙园的怀疑对象中排除。如果不是间谍的话，就算遭受怀疑也没关系。这是可以如此断言的人才办得到。当然，龙园也可以不排除些微可能性地查看手机内容，但这同时也会招惹班级反感。正因为他是靠力量支配班级才会有这份考量。

甚至通过短时间查看手机，向 C 班学生们彰显他没有涉及私人部分。龙园通过检查手机想要知道的，并不是邮件的内容，而是在计算间谍面对真身不明的对象被支配到何等程度，以及有多么害怕。而他看出来的便是……

"我要再次问这当中的间谍。"

龙园逐一看了每个人的眼神、动作。

"你害怕的是真身不明的X吗？还是我呢？你是不是弄错与哪方为敌才最恐怖？还记得入学典礼结束后的事吧？反抗我的人会是怎样的下场。是吧，石崎。"

"是、是的……"

石崎吓得身体发抖。总是冷静站在龙园身边的阿尔伯特也稍做反应。不论是谁都并非最初就服从龙园。石崎或阿尔伯特都是一开始顶撞龙园的人，但他们最终都屈服了——因为龙园全力使出的"暴力"。打架是石崎占上风，力气是阿尔伯特占优势。

可是，倒在地上的却是这两人。

"这世上最强的力量，就是全力使出的'暴力'。我不会屈服于权力。即使这所学校要让我退学，我要是使出真本事，也能在被学校赶出去之前杀掉叛徒。我说的意思大家都明白吧？如果因为背叛导致我退学，我就会像踩烂虫子那样结束间谍的性命。"

这不同于支配体育馆的前任学生会会长堀北或现任学生会会长南云，那是异样的支配力。

龙园仗着言出必行的疯狂暴力向前猛冲。

"现在我欢迎叛徒自首，不过这是最后的机会。我要向所有人宣言。如果现在老实承认，我答应对这次的背叛行为既往不咎，也发誓不让间谍受到伙伴指责。我一开始应该就说过了，如果相信并且跟着我，我一定会把这个班级带上 A 班。只要跟随我，我就会保护你们。"

龙园从讲台上下来，站在每个人面前，与对方四目交接。

然而，那些话不只针对特定人物，好像是在说给全班听。

"你们明白吧？明白惹我生气的后果。"

他一个又一个地与同学对上眼神。对龙园来说，这是找出叛徒最简单的方法。

接着，龙园终于走到一名女生面前，并且停下脚步。

不是这样。她原本就是被选定的人。龙园一开始就把她设定成目标了。

"怎么了，你无法与我对视吗？"

"啊……啊啊……我……"

她呼吸紊乱，不知所措，而且一脸快要哭出来的害怕表情。

"呵呵，这个班级的叛徒就是你吧，真锅。"

面对意料之外的人，大部分学生的思绪都跟不上。

"别那么害怕，真锅。你确实没主动报上名来，但我一开始就知道你是间谍。你的脸色始终都很差。你不擅长隐瞒事情呢。"

龙园把真锅盖在耳朵上的头发往上拨，并且摸了摸她的脸庞。真锅就像在极寒冷的天气里一般瑟瑟颤抖着身体。

"对、对、对不起，我、我……"

"别介意，我会原谅你。以我宽宏大量的心胸。所以就告诉我吧，告诉我教唆你……不对，是教唆你们背叛的 X 的真面目。"

龙园对真锅志保，以及她的朋友薮菜菜美、山下沙希投以锐利的目光。

2

龙园在对 C 班所有人下了严格的封口令后，就让他们退下了。

留在教室里的，只有以龙园为首，还有石崎、金田、伊吹，与间谍嫌疑犯三人。

"你们知道对你们做出指示的家伙的真面目吗？"

真锅等人对此左右摇头，予以否定。

"那么，下一题。你们背叛 C 班的理由是什么？告诉我吧。"

"那是……"

"事到如今就算隐瞒也没用。如果你坚持隐瞒的话，我就会永远不把你们当作同学对待，而是鼠辈一般的存在。"

真锅她们面对已经无能为力的状况，无计可施地说出了真相。

"D……D班的轻井泽惠，你认识吗？"

"我只知道名字和长相。她是平田的女人吧。"

"那个人，那个，虽然现在是那种强势态度，但……其实她以前被霸凌过……"

"哦？然后呢？"

"梨花被轻井泽欺负，我才想要还以颜色……"

虽然真锅很害怕，但还是把暑假在船上发生的事件告诉了龙园。包括和轻井泽同组所以识破过她过去曾经被霸凌的真面目。还有自己报复般的暴力行为。她把一切都说出来了。

也说出了当间谍的理由，就是因为受到对方拿证据来做威胁。

如果事实公之于众，真锅她们就会受到停学以上的处分。也当然会因此受到龙园责骂。她说那是为了避免受到学校、龙园的责难才不得已做出的事。

"原来如此啊，还真是相当有趣的游戏欸。"

"真是的，你们是白痴吗？被不知道真面目的家伙给威胁，你们也知道或许会尝到更惨的苦头吧？"

"别责怪她们，伊吹。人被逼到绝境就会是种脆弱的生物。”

龙园已经决定原谅真锅她们，没有继续指责。

“关键是从这里开始。你们欺负轻井泽的现场，被谁看见了吗？”

真锅她们徐徐点头，接着说出了名字。

“当时我们确实被人看见了……被D班的幸村同学，以及绫小路同学。”

两人的名字浮现而出。

“事后照片就发了过来。正是我们找轻井泽碴时的照片……”

“原来如此啊。我想过应该有会被威胁的那种证据，不过原来是在那时被拍到的啊。那么，那张照片呢？”

“删、删掉了。万一被看见的话，我们就……所以……”

“大致的情况我明白了。”

“那就认定是幸村，或是绫小路了吧？”

至今都不发一语在一旁观望的金田开口说道。

他是龙园认为班级里少数有用处的人之一。

“等一下，龙园。虽然我不太认识幸村这家伙，但我不认为绫小路会在背地里操纵。我有好几次和他牵扯上，但他看起来实在不像是那样。”

“在这层意义上幸村也有点可疑呢。毕竟他好像脑袋很好。”

石崎补充似的说道。

"应该无法这么断言吧？绫小路总是和堀北待在一起。再说，绫小路到体育祭为止都隐藏自己擅长运动。我觉得更可疑的应该是绫小路。"

"我认为这两个人是不相关的。绫小路只是跑得快，幸村也只是会读书而已吧？幕后黑手应该另有其人吧？"

"另有其人是指谁啊？"

"D班里也有很聪明的家伙吧，像是平田。"

"那家伙？我经常和平田说话，我不觉得他是那种人欸。"

龙园对擅自发表意见的同学们微微露出笑容。

但下个瞬间，他就用手掌"砰"地敲了敲自己坐着的讲桌。

"稍微安静点。"

班级因为龙园带有笑意的一句话，转眼就笼罩着寂静与恐惧。

"我说过要征求你们的意见吗？在D班暗中操纵的家伙就由我找出。你们不过是为此存在的棋子。喽啰就要有喽啰的样子。现在知道的事实，就只有拍下照片的无疑是幸村或绫小路。不过，别因此就轻易把他们和幕后黑手关联在一块。因为他们也有可能是在幕后黑手底下做事的部下。"

这就是麻烦之处。两人之中的其中一方，或是双方都拍下了可能变成 C 班弱点的照片，并向幕后黑手寻求意见。这种情况也很有可能。

"不过，龙园。尤其是绫小路，我们是否应该先怀疑一下？"

金田做好觉悟会惹火他，而刻意做出建议。因为他认为应该这么做。

"我想想。"

关于绫小路，正因为他和堀北铃音也有关系，他本来就很可疑了。

可是，这也因此让人产生怀疑。

太容易关联的这点令人很不愉快。

就是堀北铃音身边的男人在幕后操控她的这种单纯性。

假如他一开始就打算利用铃音，就绝不会执行这种战术。

"你的意思是远在天边近在眼前吗？不，那样我实在无法认同。"

这绝望般的不适感令人很不愉快。

"就让我利用那家伙好了。"

如果已经看清状况了，剩下的无疑就只要再推一把。

龙园为了使出下一招，便发了信息给手机上的某个人物。

活路的征兆

第六堂课的班会开始后，茶柱老师立刻离开了教室。

平田用斜眼瞥了一眼觉得很不可思议的同学们，就从座位站起，接着走上讲台。

接下来并不是要享受游戏，而是要开始进行认真的讨论。

"今天的班会，我想举行针对明天小考的作战会议。我已经获得茶柱老师的允许。她说班会时间可以随意使用。首先由堀北同学开始发言，可以吗？"

堀北好像在等待平田的发言。她静静地站起，迈步走到平田的身旁。

对于与平田并肩而立的少女，一部分学生大概会有不小的突兀感吧。这是至今为止可能实现却又没实现过的"堀北"、"平田"这个D班最强队伍。平田总是敞开着大门，堀北却不予接受。堀北总是独自战斗，相信自己能赢而一路展开行动。

但这样的堀北在体育祭这个舞台上也铸下大错，意识到独自战斗的极限，从而脱胎换骨。

当然，并不是一切都变得完美了。

瑞士的生物学家Ａ·波特曼曾说过——人类在生理上是早产的生物。他主张如果从动物学的观点来看，人类这种生物与其他哺乳类之发育状态相比，大约早了一年。虽然人类被划分为大型动物，但小婴儿刚出生时，对照于感觉器官已经很发达的生物，人类的运动能力很不成熟，就连独自行走都办不到。另一方面，鹿等其他大型动物在诞生时就很成熟，也有许多拥有能靠自己力量四处活动的离巢性生物。

现在的堀北如同刚出生，还无法自由地到处活动。

不过，尽管很不成熟，但她同时也蕴含着无限的可能性。

今后要如何成长都可以。

堀北的心中应该也在不断地纠结。她大概正在拼命试图挣扎吧。

委身于现在敞开的大门，就是唯一的最佳之策。

"……首先，虽然已经过去了，但我要向大家道歉。"

我还以为她会立刻开始说起针对期末考的话题，但并非如此。堀北好像有件持续闷在心里好几个星期的事。

"我在体育祭上没取得任何成果。我用强硬的态度对待大家，却没能为 D 班做任何贡献，请让我道歉。"

堀北说完，就深深低下了头。许多学生当然都对她这副模样感到动摇。

这发言就像是堀北要背负 D 班所有的败因。

两人三脚的练习后就与堀北变得有些疏远的小野寺慌张地说：

"输、输了又不只是堀北同学你的责任，低头道歉很不像你欸。"

"对啊，铃音。毕竟春树和博士也派上任何用场呢。"

虽然很直接，但这也是事实。山内他们不甘心地瞪着须藤，可是也无法反驳。

"就算如此，有些事态度谦虚可以原谅，但也不是每件事情都是这样。至少我在体育祭上几乎没有值得赞扬的部分。"

堀北这么说完后，就瞄了须藤一眼。那恐怕是除了"得到须藤这个伙伴"之外没有任何成果的补充吧。须藤不可能没有体察这份心情。他有点害羞地挠挠脸颊，同时露出洁白的牙齿，静静地笑着。

"道歉就暂且在此结束。针对下次的小考、期末考，我想全力挑战。我认为全班不团结一致就无法获胜。"

"这我可以理解，但我们有对策吗？我们连决定搭档的规则都还不知道？"

"不，搭档的规则已经弄清楚了。如果顺利的话，也有可能让在场的所有学生配上理想的对象。平田同学，麻烦你了。"

平田接收到指示后，就在黑板上写下配对规则。

决定配对的规则

以全班来看，最高分与最低分的学生将组成一队。

接着是成绩第二好与不好的学生，第三好与不好的学生……按此规则推演下去。

例如：一百分的学生会与零分的学生，而九十九分的学生则会与一分的学生组成配对。

"这就是小考举行的意义及配对规则。简单吧？"

"哦！这就是配对的规则！亏你找出来了欸，堀北！你好厉害！"

"这点事情许多学生应该都有发现。重要的是从这里开始。从上述也可以知道，规则是设定为成绩靠后的人几乎会自动与成绩靠前的学生编组。但例外总是有可能发生。因此为了进行准确的分组，现在开始我要说明战略。"

虽然她说许多学生都有察觉，但并没有这么回事。这与之前相比确实是易懂的提示，但这应该是因为至今的失败经验起了作用，她才会发现吧。

堀北主动走到平田身边，并回过头看着大家。

讨厌在众人前说话的心情，或是害羞的心情。

她心中完全不带这些抗拒的情感。只有不顾一切向前的身影。

"考虑到至今的考试结果，我希望重点偏向担心考试分数的同学们，同时与成绩靠前的同学制定计划，让双方编组。虽然应该也有部分感到不安的同学，但实际情况就是我们无法顾及所有人。"

期中考除了满分之外，八十分以上的学生是十一人。若是九十分以上的话就会锐减成六人。考虑到考试内容比较简单，这就不是件令人高兴的事。成绩优异的学生不到班级的一半。

反之，就算考虑到六十分以下的学生很多，无法让所有人与理想的搭档……换句话说，就是无法让所有人与拥有高得分的学生组队，以现实来说也很显而易见。

因此，堀北似乎打算通过令排名前后的十人强制组队的方法来应对考试。

黑板上逐一记上了成绩靠后的学生名字。

"呃，我不太懂欸。我们该怎么做才好？"

看到名字被写上去的山内这么问道。

"在这里被写上名字的同学，小考时只要写个名字就可以了。因为不会影响到期末考，所以就算拿零分也没关系。反之，成绩前十名的人，请你们一定要拿八十五分以上。剩下的中间二十名同学也同样各分成十人。成绩靠前的同学请你们以最多八十分为目标，成绩靠后的同学则请你考一分。这么做的话，照理讲就会自动完成针对期末考的平衡最佳组合。不过，之后我会好好确认。因为也有可能发生意外。"

这里重要的是别让考零分的学生和考一分的学生变

成搭档。

必须尽量让学力有差距的学生组队才行。

"我也认为这个方案很好。我们不该什么对策都没有就挑战考试。"

平田事先与她商量过，赞同地点点头。

高圆寺平时不会服从，但他既没肯定也没否定。

不如说，他好像对一连串的对话都不感兴趣。他比堀北还更无法融入班级。但这次他能持续保持那种态度应该可以说是最佳之策吧。

高圆寺平时对考试都不认真全力以赴，但唯有会被退学的那种结果，他总是会去避免。

但如果是这次的"强制组队"，他应该就不能考出很差的成绩了吧。虽然概率很低，但依据搭档能力不同，说不定就算拿好几个满分也会不及格。

若是那种情况，尽管不感兴趣，他大概还是会愿意配合这场考试吧。

不——在某种意义上，高圆寺会如何表现，反而有无法预测的可能性。

"高圆寺同学，你也没异议吗？"

"我不会有什么异议，真是 Nonsense 的问题。我当然也掌握了考试内容。"

他把长腿就这样架在桌上，一如往常地把头发往上拨。

"那么，我可以期待你考到八十分以上吗？"

"不知道。要根据考试内容吧？"

"如果你蓄意考零分，并与成绩靠前的学生组队，平衡就有可能被破坏。你能理解吗？"

针对小考应该害怕的就只有不正常的得分。要是高圆寺这种学力优秀的学生故意放水，平衡就会被破坏。必须避免诞生出像堀北与高圆寺这种高学力小组。

"我会好好考虑的，Girl。"

高圆寺的答话方式实在可疑，但现在也无法继续深谈。

因为我们无法操控正式期末考的分数。

1

翌日，转眼就到了小考时间。

我本来以为马上就会开始考试，班主任茶柱老师却先说了一件事。

"接下来要进行小考，但在这之前我有件事要先报告。这次你们提出希望期末考上指名 C 班——由于没和其他班级重复，因此被批准了。"

"A 班和 B 班都指名我们 D 班了吗？不管怎样，不靠运气抽签就获得挑战学力低的 C 班的权利，这影响力很大呢。"

好像先成功突破了第一道难关，堀北于是放下心来。接着就是哪个班级指定了D班。

"然后，要给D班出题的班级——是C班。这也是因为指名没重复才有的结果。"

换句话说，这次的战斗是D班对上C班，B班对上A班的形式吗？

"变成理想组合了呢。"

"似乎是那样呢。"

指名没有重复，也就表示好班都分别为了靠直接对决拉开、缩短差距，而选择了强敌。应该就是这么回事吧。

从中可以看出来的，就是A班指定对手的应该是坂柳。如果是葛城的话，他应该会指名获胜可能性较高的差班D班吧。

更进一步地，也可以预测到葛城的凝聚力下降。

就如堀北希望的一样，指名C班这件事情成真了。

"话说回来，接下来明明要考试，池和山内的脸色还真好呢。你们也有不少次考前挂着黑眼圈过来，你们是有秘密策略吗？"

"嘿嘿嘿。就请您看着吧，老师。"

池他们自信满满，但那也是应该的。因为谁都没好好复习。

考试难度很低，但要是一题都不会的话，最坏的情况就只要写上名字，就算交白卷也没关系。这是场认真挑战就会提高风险的特别小考。

茶柱老师也不可能没看穿那点。

"别事后后悔啊。你们最好认真面对考试哦。"

"什、什么意思啊？这应该不会影响到之后的成绩吧？"

"当然。这完全不会影响到期末考的成绩。"

"既然如此考零分也没关系了啊。"

"如果可以如你所愿的话呢。"

面对这煽动不安的说法，池他们一瞬间都陷入了沉默。

"多考一些分数，会不会比较好啊？"

须藤因为那些话也不由得失去了冷静。

"不要受她迷惑。我们的计划不会有错。"

堀北一句冰冷的话让慌张的学生们都安静了下来。须藤也随即恢复了冷静。

"……也是。我只要相信铃音就好。"

茶柱老师看见这情况，确认班上的气氛恢复，也拿起了考卷。

"好了，那么我要举行小考了。千万别作弊哦。就算与成绩无关，如果作弊的话，还是会被毫不留情地处罚。"

老师把考卷递给排头，让我们自行往后传。

并且说到考试开始为止考卷都要朝下，于是我马上就把传到手边的考卷翻到背面。

"你不会担心吗？担心搭档的选定方式是否正确。"

"不会。这次我很有把握。"

堀北对茶柱老师的话完全没有动摇的迹象。正因如此，她才能呵斥池他们。

领导者有不安或恐惧的话，那些情绪也会流传出去。

征兆、变化。这不是之前的 D 班。学生们开始改变了。

虽然还只是一点点，但若是每天都会见面的班主任，变化应该会强烈地传达过去吧。

"开始。"

小考随着信号拉开序幕。

我慢慢把考卷翻过来。

"哦……"

我不禁出声。惊讶的大概不只有我。虽然猜到难度会设得很低，但结果程度还真的很低。

就算由小学高年级来做，也会答对大部分题目。当然，其中也有难度偏高的题目，但只要不慌张的话，就算是池他们也可以考到将近六十分。

这是个甜蜜的陷阱。万一不小心跳进去也可能发生悲剧。不过堀北控制住了局面，D 班应该不会陷入太差的结果吧。

2

小考顺利结束。发还考卷的日子很快地就在隔天第四节课到来。

D班迄今无论面对怎样的考试都是欠缺统整，一路直接挑战。

与其相比，这次产生了棒得不得了的一体感。

尽管有搭档制度或出题的考验，以及随之而来的竞争，等等，这次特别考试规则简单或许也是个很重要的素材。我们只是参加考试并取得好成绩。

这是我们升上小学，一直到高中，历经长达九年以上的时间不断被迫重复去做的事。

"没我的戏份是再好不过的。"

值得欣慰的是，这是我发自内心说出的话。

"那么，现在起我要公布期末考的搭档。"

小考结果被贴了出来。

堀北铃音和须藤健，平田洋介和山内春树，栉田桔梗和池宽治，幸村辉彦和井之头心。

几乎如预想般的配对公布了出来。顺带一提，我的话则是……

绫小路清隆——佐藤麻耶

"从不好的方面来说，这还真神……"

我怎么在这种地方中奖啊。

佐藤好像也注意到我是她的搭档对象，于是回头看了过来，带着一张笑脸。

我姑且稍微举起手，告诉她我也发觉了。

"就连高圆寺同学，这次好像也还是配合我们了呢。"

高圆寺的搭档是冲谷。通过结果可得知，他确实考了很高的分数。

不过那家伙每次考试都会考出很高的成绩，所以也可以理解成他只是一如往常地应考。他完全不关心结果，而是双手抱胸，意义不明地贼笑。

"看这个结果，你们之中好像有人理解了小考的意图，并把这个成果和班级共享了。"

茶柱老师看着贴出的配对一览表，感到很佩服。

"从分数最高与最低的学生开始依序组队。成绩相同的话就会被随机挑选。我大概已经不需要做说明了吧，不过还是先告诉你们。"

这点我们已经无需惊讶，但预测正确也算是让人放下心了吧。

"分组好像都挺合理的呢。"

"嗯，目前为止都顺利得恐怖，但接下来才是重头戏。像是该如何出题、如何度过期末考。你的搭档是佐藤同学，这还算说得过去呢。"

这并不是我刻意为之，但除了上段与下段学生，班上原本就存在着一半会考战略之外分数的学生。这就概率上来说是很可能发生的事。

佐藤是不及格候补。我必须稍微考高点呢。

"之后就是为了提升班级平均分数，到期末考结束为止都要开读书会。这次也可以和平田同学或栉田同学合作，所以我想定成一天两个批次。放学之后，第一批从下午四点到六点，第二批次则是顾及参加社团活动的学生，从八点到十点。现在要决定各自轮值的部分。麻烦你了，平田同学。"

"我要参加社团活动，所以当然会负责第二批次。一起合作加油吧。"

这实在很可靠。正因为能教书的人增加，我们才能采用这个战略。

接着，我们在堀北和平田的讨论上，再三充分讨论了读书会的方式，慢慢地决定了细节。

第一批次的监督工作由堀北负责，第二批次的监督工作则由平田担任。他们决定要一边支撑读书会，一边指导对分数有强烈不安的同学。栉田则是第一、第二批两方都会出席，同时负责特殊的奔走工作。她主动接下指导成绩五十分左右觉得不安的同学们学习的职责。中间层有许多小野寺或市桥这类女生。

话虽如此，也并不是没有问题。

现在不同于第一学期，要补习的学生非常多。对照之下负责教书的目前是三人。

当然，人数越多，学习效率就会越是下降。

一到午休时间，平田或须藤等人就聚来堀北的身边。

"可恶，铃音不是第二批。真是提不起干劲。"

须藤因为社团活动无法参加第一批，他这次无法依靠堀北指导。

正因为堀北也是他唯一的动机，所以他好像很不情愿。如果是以往的话，他在此就会表现出坏习惯。

"不管谁是老师，你要是不提起干劲，我都会很伤脑筋。"

"……我会好好学习的。毕竟我们是搭档，我不努力不行吧。"

她漂亮地控制住身形如巨大悍马般的须藤。真令人佩服。

"你的努力也会反映到我的评价上。如果你可以理解那一点就好了呢。而且，我也会尽量在晚上的批次露脸，所以加油吧。"

堀北就像是在做最后结尾似的给了须藤希望。

"好。我忽然有干劲了！拜托你了，平田。"

"彼此彼此。我们一起加油吧，须藤同学。"

因为决定要与堀北搭档，须藤更是干劲十足。

但在这时，也发生了始料未及的问题。

"……我想跟你们商量一下，可以吗？"

来到堀北他们身边的，是几乎与我没说过话的学生。

他带着一张伤脑筋、感到抱歉似的表情过来搭话。

"三宅同学，怎么了吗？"

他们是隶属D班的三宅明人，以及在男生中也颇具话题性的美女长谷部。

这两人平时文静，我几乎没见过他们和别人扯上关系。是令人意外的来访，令人意外的组合。

"我记得你们两人……会在这次期末考上组队，对吧？"

平田找出共通点并如此问道，三宅于是开始解释起来。

"虽然我们在考试上成了一组，但我们擅长与不擅长的科目都重叠了呢。因为这样有点伤脑筋，才想来征求建议。"

他说完，就把小考与期中考的答卷递给平田。

他们在决定搭档的小考上彼此的平均分数很合理，三宅是七十九分，长谷部则按照计划考了一分，两者分数差距很大。可见堀北的目标——成绩靠前与靠后学生编组顺利地配对成功了。可是这里却失算了。两人期中考的平均分数，三宅是六十五分，长谷部则是六十三分。他们在学力上几乎没有差距。乍看之下哪方好像都可以拿到大约这种程度的分数，不过这里其实有陷阱。

他们两个答错的题目太类似了。换句话说，他们不擅长的部分一模一样。期末考上一科需要六十分，这应该会变得很危险吧。

"原来如此，这有点令人意想不到呢。我等会儿也来确认其他小组吧。"

"抱歉啊，平田，又要麻烦你。不管是游轮时还是体育祭时，我都老是给你添麻烦。"

"这不需要道歉哟，困难时要互相帮助嘛。"

话说回来好像就是这样吧。三宅在体育祭的最后接力赛跑前脚受伤，因此弃权。他的伤势好像已经完全恢复，动作上似乎没有问题。

我偶然回想起这件事，不过我并不清楚详情。

三宅和长谷部的答卷对错极为类似。

两张答卷甚至会让人觉得是同一个人在作答。

就算可以靠分数在一定程度上调整学力，但并不是所有学生都可以完美地分组。出现不规则的配对应该是没办法的吧。

"但还真是没辙呢。因为我不太想把学习范围或方法弄得很复杂……"

就考试内容看来，他们两个绝对不是脑筋不好。擅长与不擅长的部分太相似才是问题。他们是和整体上不擅长学习的须藤有些不同的特异组。

这么一来，教书的人手就会变得越来越不够了。

原本打算一对一地进行补习。

"栉田同学，可以再麻烦你一下吗？人数会变得相当多，而且他们两个课业上擅长与不擅长部分很相似，不过他们在总分上应该不会逊色。"

"嗯，我没问题哟。只要三宅同学与长谷部同学同意的话。"

栉田征求两人的意见。三宅不置可否，但长谷部就不一样了。

"我就不参加了。我和市桥同学她们也不太合得来。"

她回绝了。幸亏市桥她们没有留在教室，因此对话没被听见。

"再说和这么多人一起参加读书会不适合我呢。"

看来前来拜托平田是三宅的意见。

我想长谷部从最初就不太赞成三宅的意见。

"但你们两个不擅长的部分相当类似。就这么参加期末考的话，就算总分通过，各科分数也可能会低于所需的最低六十分。"

"确实没错呢。"

长谷部有点不服气地把视线从堀北身上移开，接着转身迈步而出。

"你要去哪里啊？"

"小三……你难得邀请我，虽然很抱歉，但这做法果然不适合我呢。"

长谷部回绝道，并独自出了教室。

"抱歉啊，堀北。"

"没关系。就算只有三宅同学也好，可以请你加入栉田同学那组吗？"

最坏的打算，就是由三宅去填补不擅长的科目，这样应该也会发挥一定的效果吧。

"……我拒绝。在都是女人的环境下我也没劲学习。我会自己试试看。"

三宅这么说完，抓住放在自己座位上的背包也离开了。堀北也无法强迫他人。不是凭自己的意愿参加读书会的话就几乎得不到成果，也可能会降低认真学习的学生们的士气。

"怎么办呢？我觉得可以的话，最好帮一帮那两个人。"

"是啊……要是再多一个人可以帮其他学生补习就好了呢。"

堀北往我的方向瞥来，因此我用眼神好好地拒绝了她。有没有教人的能耐另当别论，我不认为自己能和三宅或长谷部正常交流。

"我会试着调整看看能不能腾出时间。"

堀北想到最后，判断只能自己行动。

"我反对。考虑到今后的持久战，这无疑会过劳呢。最后读书效率应该会下降吧。毕竟堀北同学你也担任给C班出题的工作。"

"可是别无他法吧？"

正因为判断除此之外别无他法，堀北才会有这种强硬发言。

虽然平田能建议她别这么做，但他没有办法阻止她。

就由堀北照顾三宅他们。快这么决定下来的时候……

"不然就由我来照料。"

如此插话的人是幸村。

"幸村同学，如果你愿意帮忙的话，我很欢迎呢。你很努力学习，而且也拥有很高的学力，不过你真的愿意吗？我想你应该不喜欢这种场面吧。"

"起码不一起合作的话，就无法顺利度过这次考试。堀北，你也是这样吧。所以才会想自己承担一切。"

幸村与体育祭之前不同，说不定正因为看见堀北改变，他也觉得自己必须行动。

"不过有一个别的问题。我可以教书，但我与三宅或长谷部之间没有交情。看刚才两人的样子，总觉得以普通方式是行不通的。我想请你们来思考说服他们两个，并把他们带到读书会的方法。"

　　他附加了如果可以把他们带来就接下教书任务的条件。

　　当然，那条件有跟没有一样。堀北对这值得庆幸的帮手登场感到高兴。

　　他就像是电影里的伙伴，从空中赶来拯救被敌兵逼入绝境的女主角。

　　"我知道了。我会先想好叫出他们两人的方法。"

　　幸村和堀北他们达成约定后，便若无其事地离开了教室。

　　"总之太好了。我可以这么想吧？"

　　"未必如此吧。你和那两个人应该也没交情吧。"

　　我忍不住不吐槽。

　　"……平田同学，他们会乖乖服从幸村同学吗？"

　　"难说……我想你应该知道，他们三个都是喜欢独处的类型。不过和幸村同学的个性或想法不合，有点令人不安呢。"

　　听见这番话的堀北稍做思考，好像想到了什么，而朝我看过来。

　　"绫小路同学，我可以拜托你管理幸村同学他们吗？"

　　"管理？"

　　"你在船上和幸村同学同室，我觉得应该多少能够灵活处理。与三宅同学或长谷部同学之间的交涉或许会有困难，但如果你在中间的话，和我们应该也方便联系吧。"

堀北说道。那如果采用删除法的话，当然算是个比较好的方案吧。因为那三人之中好像没有可以和堀北时常保持联络的人。

就算这样，为什么要选中我呢？我明明难得没戏份很高兴。

"你好像很不愿意呢。你不是愿意帮我吗？只是管理，我不会拜托你教书。"

虽说只有管理，但靠普通方法应该行不通吧。

"我可以拜托你吧？"

受到堀北已经开始转换成威胁的压力，我只能点头答应。

我就在此改变一下想法吧。

也就是说，接受此事可以保住堀北的面子，她应该也不会再让我做些什么了。因为最麻烦的是教书或想题目呢。

"我会尽量试试。"

我回答道，在堀北看不见的地方叹了口气。

3

放学后，我为了赶紧行动而开始进行准备。我叫了幸村，接着去找三宅搭话。因为接下来要开读书会。我预先拜托平田，并获得他们两人的事前承诺。

"咦？长谷部呢？"

一下课，长谷部就不知为何从教室中消失了。

"她逃走了吗？"

幸村有点愤怒地嘟哝道。

"长谷部不是那种人，她大概是先走了吧？"

"为什么有先走的必要？"

"应该是有她自己的理由吧。"

三宅好像很了解长谷部，而没有特别担心。

我们暂且前往读书会的预定地点——帕雷特。

此时，我们在通往咖啡厅的走廊途中看见长谷部的身影。

"你为什么先走了啊？"

幸村一看见长谷部的身影，就逼问道。

"什么为什么，我不太想引人注目，在班上有点不方便呢……"

长谷部暧昧地回答。幸村好像把那理解成是感到丢脸。

"意思是你讨厌被人看见跟我们说话的样子吗？"

"不是那样啦。我也有各种苦衷。"

"别在意，幸村。长谷部平时就是这种感觉的家伙。"

"在这里站着闲聊位子可能会被占满。不先过去吗？"

我也懂幸村会生气的心情，但还是暂且催促了他。

事实上，放学后的帕雷特里学生越来越多。

"是啊……座位满了会很麻烦。走吧。"

随即恢复冷静的幸村率先走出。

"你也再稍微注意一下发言啦。"

"那是会让人不愉快的说话方式吗？我会反省的。"

看来长谷部并没有恶意。

我们设法成功保住能坐四个人的座位，并且重整场面。

"呃，嗯……总之，请多指教。"

幸村坐我隔壁，长谷部坐我正对面，三宅则坐在长谷部隔壁。我们组成了尽是突兀感的四人组。

"如果有什么问题的话，我暂且会先行受理。"

我这么问完，唯一的女性长谷部就简单举起手，并且这么说道：

"绫小路同学，你真健谈欸。"

"……你劈头就提出这种问题啊。"

长谷部有点兴致勃勃地抬头看我。我站着说话好像让人觉得很不可思议。

"该怎么说呢？因为我对你完全没印象。你就像是即使请假也不会被发现的那种学生。"

因为我平常没和长谷部交谈过呢……她有那种印象也没办法。对于这种评价，三宅提出了体育祭的话题。

"但上次接力他很厉害吧。因为那件事，绫小路一举变成受人瞩目的对象。"

"好像是呢。但我去了洗手间，没看见绫小路同学活跃的身影，所以才觉得很不可思议。你和上一届学生会会长赛跑了吧？体育祭结束之后好像马上就成为了热门话题。"

"绫小路，你初中时是田径社的吗？而且，看见那个样子应该会有田径社之类来挖角吧。"

"算是受到过邀请，不过我拒绝了。"

那种热度只是一时性的，不会一直持续。田径社的人应该也已经不会把我的事情当作话题了吧。因为就算脚程快，如果对社团活动没兴趣就没意义。

"老实说，我也没参加过社团活动，所以也不知道情况。"

"这样啊，真浪费欸。"

在我的话题接连不断的情况下，幸村不发一语地在一旁倾听。长谷部根本不在意他的模样，并把话题转到三宅身上。

"小三是弓道社的对吧？每天射弓好玩吗？"

"要是不好玩我就不会加入了。顺带一提，要射的不是弓，是箭。"

说得也是。

"我对社团活动没兴趣呢。我只要每天都可以开心度过就好了。"

他们两个与我至今感受到的印象相当不同，比我所想的还健谈。

"顺带一提，小三你社团活动没关系吗？"

"我请假了。"

"还真是干脆欸……"

"如果有优先事项时我就会请假。反正我们社团处罚不严格。"

"能稍微打断一下吗？在读书会开始之前，我有件事想先说。"

默默听着对话的幸村沉着地如此开口。他视线捕捉的对象既非三宅也非长谷部，而是我。

"你不可以像在体育祭那样隐藏实力了，绫小路。"

"咦？你是指什么？"

"我指的是读书这方面。我听堀北说你相当会读书。"

"……那家伙。"

堀北似乎在我不知道的地方对幸村说了多余的话。

"唉，我比较擅长背东西。我想我专心念的话，是可以拿到一定程度的分数的。"

要是不先说这点事，应该很难赢得幸村的信任吧。

"是可以办到却不做的类型吗？"

"我可比不上你。别对我抱有过多期待，毕竟我也不擅长教人呢。"

"我知道了。你也要尽量拿多一点分数，认真地全力以赴。毕竟是由我来教，我绝对要让你们拿到比期中考还要高的分数。"

幸村仿佛在说事不宜迟似的开口说道:

"你们都按照我的指示,带来第一学期与上次期中考的考卷了吗?"

"算是啦。"

长谷部答道,三宅也点了点头。接着从背包里拿出考卷,递给幸村。

我斜眼慢慢确认考卷内容,并从中得出结论。

"你们两个都完全是理科的料呢。文科成绩几乎惨不忍睹。"

两人的数学大约是七十分,是比较高的分数,但语文和世界史则是四十分左右。这样的话,他们会担心也可以理解了。

"我之前不认为你们很要好,亏你们会知道彼此擅长和不擅长的部分重叠呢。"

"之前我在图书馆读书时被长谷部搭了话。自然而然就这样了。"

"我和小三都算是比较偏孤独的那类人,无法完全融入班级呢。"

与班级保持距离感的两人没有隶属特定的团体。那也是没融入班级的很大因素吗?

"在这种意义上我也一样。就连现在我们的这个小团体,我也觉得很有突兀感。"

"那你为什么赞成这次组团呢？"

"这没到团体程度，只不过是读书会。而且人数少的话也很安静吧。自己要念书也不会妨碍别人。所以接下来我要思考读书方式。虽然很抱歉，但我需要一些时间。"

"了解。那我们只要喝杯茶等你就行了吧？"

长谷部事不宜迟似的拿出手机放松。现在只要有手机，就很容易消磨时间呢。我也要玩会儿手机吗？或是该做些什么？

我忽然感受到视线，便不经意地将视线移往那个方向。

于是看见数名男学生一边窥伺我们这边的情况，一边打起了电话。

是三名似曾相识的学生，全都是 C 班的。我只知道位在中央石崎的名字。

希望别被卷入麻烦事……

不过石崎他们没来找碴，虽然他们不时地会看过来，但还是走到帕雷特放在收银台旁的蛋糕柜前方。那里陈列、贩卖着可以和饮料一起享用，或是可以外带的蛋糕。草莓蛋糕跟栗子蛋糕好像特别有人气。店员以为他是想购买的客人，但情况好像难以进展。店员完全没有迹象要伸手拿蛋糕，逐渐转为伤脑筋、感到抱歉的神情。

"就不能想点办法吗？"

石崎等得不耐烦而喊道，使嘈杂的咖啡厅瞬间安静了下来。

"真的很抱歉。如果是那种特别订购的蛋糕，如果不提早一周说的话，我们会很为难……我们实在无法在当天准备。"

随着这般应对的声音传来，帕雷特内便若无其事般地再次吵闹起来。

"那边发生什么事了啊？"

长谷部一边转着笔，一边有点厌恶地看着石崎他们。

"不知道，反正与我们无关。"

幸村一点兴趣也没有，继续看着两人的期中考卷，开始写起什么。他应该正在推敲他们不擅长的部分是哪一带，以及该采取怎样的对策吧。

"蛋糕啊……"

我并不是对石崎他们的对话感兴趣，但话说回来，明天就是我的生日了呢。

老实说，我完全没有普通人会有的那种过生日的印象，只有老了一岁的这种感觉。

我并不是什么都不知道。我知道生日是受到家人或恋人、朋友祝福的日子。我只是不知道受到别人祝福时的心情。

"怎么啦，绫小路同学？"

"没什么。"

明天是十月二十日。

这所学校有许多学生、员工、教师。

就算有一两个人同一天生日，也绝不是件不可思议的事。

对方与我之间的不同，就只是在于会不会受到祝福。

明年会有人知道我的生日吗？

4

"我去续一杯咖啡。"

"我也要。"

幸村在帕雷特开始确认他们两个的考卷，已经过了三十多分钟。幸村还没有要抬起头的样子，现在确认与决定方针好像还需要时间。

长谷部和三宅拿着空杯走向收银台。虽然只限同一天，但帕雷特是可以凭发票用半价购买第二杯。帕雷特可以喝到既便宜又美味，而且连分量都无可挑剔的咖啡，在一年级学生之间人气好像也日益增长了。长谷部和三宅两人已经打算喝第三杯了，但负责教书的幸村，他的第一杯咖啡还剩下一半。他将眼神依次落在课本、笔记及考卷上，正在思考要如何教他们读书。

"好像很辛苦欸。"

"因为我几乎没教人念过书呢。以前我教过初中的笨蛋同年级学生熬夜抱佛脚，但我实在受不了那样。说起来那家伙基础不好，所以也无法专心学习。"

幸村像在回想往事一般而暂时把笔放在一边，看向了天花板。

"现在我也忘不了当时那段白费工夫的时光。我认为教人念书是笨蛋才会做的事。第一学期堀北和你集中不及格组开读书会时，老实说我也在心里嘲笑过你们。对平田他们的读书会也是。想着做徒劳无功的事情又能怎样。不会念书的家伙，说起来也几乎都是讨厌读书的人。读一两天摆脱不及格，这样就觉得自己念过书了。我觉得这种读书明明根本就是没学进去的徒劳之举。"

与其说是在口出恶言，幸村看来纯粹只是在嘟哝着真心话。

"那你这次为什么决定教人？"

而且这次的考试内容与幸村以前教过的熬夜抱佛脚的内容是无法相比的。如果不好好教的话就无法通过考试，而且难度很高。幸村背负的压力绝对不轻，万一长谷部和三宅这组退学，也会有责任压到幸村自己身上。届时，他的想法将不仅限于导致他们两人退学都是自己的责任，而且还会后悔自己没能教得更好。幸村就是这样的人。

"我在体育祭上没派上任何用场，被我认为不需要并舍弃的运动扯了后腿。大家的差异，大概也就只有舍弃的东西是运动或是课业吧。"

池或山内、须藤等人不会读书。幸村不会运动。虽然领域不同，但因为他判断这些在这所学校里是同等重要的，所以才会说出刚才那番话吧。

"这所学校只会读书不行，只会运动也不行，就算两者兼具也还不够。即使是堀北或平田那种文武双全的人，也不一定能熬过考验。还有像是直觉、灵感、常识。总之，我们被要求具备人类社会上不可或缺的特质。这么一来光靠个人的话就没辙了，还要靠团队的力量。"

幸村从开学到现在应该吃尽了各种苦头吧。

"所以我决定帮忙。我想尽我所能为班上做贡献。"

而那当然就是他自己最擅长的学习。

"察觉自己怀着只要学习成绩好就行的任性情感，也是其中一个理由。我是想起过去我那个自私的母亲才察觉到这点，所以才能重新审视自己……不对，刚才那些话是多余的呢。你就忘掉吧。"

回过神的幸村这么说道并中断了话题，接着把视线从天花板上移开。

"如果我负责池他们大概就会更辛苦吧。三宅和长谷部都拥有对课业认真全力以赴的能力，所以很容易进行。而且正因为擅长理科，所以理解力也不差。虽然我不知道可以做到什么地步，但至少应该可以期待他们会有大幅进步才对。"

真乐观……不，应该把这当作是他接触两人之后的反应吗？虽然只是在一旁观察，但三宅也好，长谷部也好，他们对读书的态度都不错。着眼点或理解能力都相当不赖。正因如此，幸村也才会认真想要回应他们吧。

"我去一下洗手间。"

长谷部他们也还没回来。

距离读书会开始似乎还要一段时间，所以我也离开了。我会这样也是因为刚才感受到的视线不只有石崎他们，还有其他目光。

虽然我无法看清楚，不过有个人一直在偷偷地往这边看。幸村并没有在意离席的我，于是我便直接走到隔壁座位。那家伙好像不觉得自己有被我发现，而藏住气息似的弓着身躯。

"你一个人一直在做些什么啊，佐仓？"

"呀！"

佐仓吓了一跳，并战战兢兢地抬头看我。

"真、真巧欸，绫小路同学！"

"这样啊，这是巧合吗？"

"这是巧合哟。"

"我觉得你不时地会回头直盯着我们看欸。"

"那是……对不起……"

佐仓最初就没信心贯彻谎言吧，她马上就招认了。

"你也并不是有什么话要对我说吧。"

那样的话就没必要专程来这里。如果很紧急的话，她应该会直接给我打电话或发消息。

她也不是会有事找其他人的类型，从这点去想的话……

"你也想参加读书会吗？"

"为为什、为什么你会知道？"

"嗯……理由说来很简单，就是我可以从你的背包看见文具用品。"

明明就没必要把笔记本全部带回来，而背包里却有那些东西就是那么回事。

这里也有许多学生在自习，但佐仓绝对不会选择在这种人多的地方学习。

"啊呜啊呜……"

她心想不妙而收拾背包却为时已晚。那态度本身就像是在说 Yes。

"如果不嫌弃我们的读书会的话，你要参加吗？我会问问看。"

"可、可是……我几乎没和其他人说过话……"

佐仓无法靠近我们那一桌是因为不擅长与人相处。这点不用问我也知道。

"你应该是凭着自己的意志才来这里的吧？如果是以前的你，应该就连来帕雷特窥伺都办不到。"

独自不断潜藏在混着大小各色团体的地方，不是件简单的事情。她应该有好几次要逃出去、想回去的冲动才对。

即使如此她也没有真的逃走，这也表现出佐仓的真实想法。

"就交给你自己决定吧。最好别把我作为权衡标准。你要考虑幸村、长谷部、三宅他们会怎么想。"

佐仓或许会对我的这番话感到失落。

她或许会怨我，觉得——你怎么不表现出要接纳我的模样。

然而，佐仓的被动态度有时好，有时不好。

就是因为替佐仓着想，所以我这次保持距离观望才会是最佳之策。

当然，我也有一定的根据。

因为虽然我才刚接触，不过三宅他们和其他同学相比，相处门槛感觉很低。佐仓肯定也能察觉到。

"你自己慢慢思考就好。毕竟我们还会在这里学习一小时左右。"

虽然好像有点冷淡，但我只留下那些话就离开了佐仓。虽说是人来人往的咖啡厅，但如果太长时间待在佐仓座位旁说话，马上就会被长谷部他们发现。

我若无其事地回到座位。幸村只瞥了我一眼，没特别说些什么。

大约过了两分钟之后便被人给搭话。

"久等喽！确认结束了吗？"

"再等一下。"

幸村加快速度。

"啊，话说回来啊，绫小路同学。我有点事情想问你。"

"不要啦，长谷部。"

三宅制止打算提问的长谷部。

"有什么关系，反正问又不会少块肉。"

"不是那种问题吧。你要考虑下时间跟场合啦。"

"放学后的咖啡厅。现在可是提问的绝佳时机呢。"

三宅看见长谷部不打算退让的态度，就一副不关我的事似的左右摇头。

她到底想问我什么呢？

"绫小路同学，你正在和堀北同学交往吗？"

"没有。"

"回答得这么快？这好像是相当熟练的标准回答呢。反而有点可疑。"

"因为我被很多人问过了，我和堀北并不总一起行动。"

"或许如此。但因为恋爱八卦都是半真半假呢。"

　　长谷部这种喜欢独自一个的女生，好像也对恋爱话题有强烈的兴趣。

　　若是得体周到的男生，在此应该也不会忘对这样的长谷部确认她有没有男朋友吧。

　　当然，这种事我不可能会做（也不可能办得到），话题就这么结束了。

　　"好了！"

　　幸村忽然气势满满地抬起头。看来他已经结束了所有确认。

　　"总觉得已经掌握了你们两人不拿手的部分。不过，详细状况我想从这里研究。"

　　他这么说着，就把写了各式各样内容的笔记本翻开，面向三宅。

　　"我试着出了几道文科题目。之后也要请长谷部来作答，所以别直接写我的笔记本上，写在你自己的笔记本上吧。限时十分钟，一共十题。"

　　三宅对即兴出的题目毫无怨言地拿出笔记本。正因为他意识到了自己是有求于人的，所以才会乖乖地服从吧。三宅奋斗十分钟之后就以交棒的形式换长谷部挑战。那些题目是为了更深入调查他们不擅长的部分吧。

　　接着，共计二十分钟的考试结束后，幸村就立刻开始批改。

　　"真是的，你们……"

幸村批改完后好像很惊讶地叹了口气，并把笔记本还给两人。

他们彼此答对题数的圈圈是三个，叉叉六个，三角形则是一个。

如果是考试的话就会是同分，但值得令人惊讶的就是他们答对、答错的题目全都一样。

"你们不只是擅长科目类似，连记忆方式都相同。"

"好厉害！不觉得这甚至让人感受到命运了吗，小三？"

"我感受不到。"

"你好不识趣……但这就是所谓的危机吗？"

长谷部回过神似的感到焦急，但情况其实相反。

"这种情况应该只要花一半精力就可以解决。"

如果学力、擅长的问题几乎完美地相同，就像幸村所说的那样，负担应该会变得相当轻。

可以把要教的人数实质上当作是一个人。

当然，正因为极为相似，他们应该一定会有细微差异，但那部分只要每次都好好弥补的话，应该就可以比想象中更顺利进行吧。

"可以轻松取胜吗？"

"那要取决于接下来的努力。我是从难度低的题目依序出题的，但这仍旧是个令人不安的正确率。我认为有必要定期在这里准备……总之，就是准备学习的机会。从期末考当天倒过来算，我希望有七或八次的集合机会。比起短期集中学习，间隔一定时间学习会较为理想。关于这点，你们三个没问题吗？三宅应该也有社团活动吧。"

"接近期末考的话，社团活动大概也会休息吧。但具体时间让我再调整一下。"

幸村对理所当然的要求点头答应。之后是长谷部……

"啊！在回答前让我问个问题。那是像平常一样读书吗？我不喜欢读书，但预习、复习这点事，我认为自己可以独立完成。像这样一起读书会有好处吗？我当然知道请聪明的人来教也会比较有效率啦。我是因为小三的建议才跟来的，可还是有点半信半疑呢。"

"你好像不只对我的教法不安呢。"

幸村发现长谷部的说法有弦外之音，便说明了方针。

"我不打算开普通的读书会。就理由来说，那是因为考题原本是由校方出，这次变成是其他班出题。通常学校出的题目针对大学升学考试，或是内容限于基础，而且相对容易复习。要说理所当然，确实也是理所当然呢。所以老实说，关于学生出题部分是个未知数。很难制定对策。正因如此，读书方式也会有所改变。"

三宅认同幸村的说法。

"是啊。C班绝对会出很刁钻的题目吧。"

"嗯，但也不是完全无法制定对策。想到是C班出题的话，考题内容或许无法想象，但如果可以特定到个人又如何呢？就我的预测来看，我认为出题者会是'金田'。"

虽然名字我不太熟，但并非完全没听过。

"好像是那个戴眼镜的恶心家伙，对吧？"

"虽然那种说法有点问题，但大概就是那个人吧。那家伙在 C 班是成绩最好的。"

假如幸村的消息是正确的话，想成当然是由功课好的学生出题就很妥当吧。

"可是啊，如果要出很刁钻的问题，也可能是由龙园或石崎出题吧？"

"那不可能呢。即使要出陷阱题，没实力也无法出题。用你们两个不擅长的文科试着想象吧。你们想得出无法简单解开的陷阱题吗？"

"……不，完全想不到。说起来我连题目都想不到。"

"我也同意。像是政治之类的科目，考试会出怎样的题目啊？"

"就是这么回事。就算能想出来，脑袋顶多也只会闪过很简单的题目。难题或陷阱题不是想出就可以轻易出的。假如瞄准刁钻的漏洞出题，校方会驳回吧。"

这个推测很切中要点。不过，如果要有把握的话还是稍嫌不足。

"题目合格与否，最后是由学校做决定吧？"

我插话道。

"这样应该就有必要知道校方判断题目是否合格的明确标准吧?"

"话是没错,但要是能知道那点就不用辛苦了吧。"

"我认为是可以知道的哦。总之,只要D班准备好几道很刁钻的题目,再把它给校方审查就可以了。通过这类刁钻的题目会不会被接受,大概就可以看得出明确标准了吧?"

"原来如此啊,确实是个好点子。"

"你很聪明嘛,绫小路。"

"这样的话,我们必须尽早准备几道题目辨别学校的基准呢。我会试着思考几道题目,但堀北或平田会愿意行动吗?"

"不知道……我们现在完全是分头行动,详情不清楚。"

"那样就伤脑筋了。因为可以和他们维持联系的就只有你。"

三宅和长谷部也几乎同时点头。

"好,我会尽量先确认……但别对我有所期待。"

也就是说,堀北和幸村都把我当作中间角色了吗?

"嗯,原来如此啊。"

长谷部怀有的疑问好像解决了,脸上挂着笑容。

"我也没参加社团活动,随时都可以哟。以小三的时间为基准来决定吧。"

她这么说完，就让出了所有决定权。

三宅见状，便惊讶地看着长谷部。

"我还以为你一定会拒绝，真是稀奇。你通常不会想和男生有牵扯吧。"

"这次不好好学习似乎会相当不妙。我一个人退学倒是无所谓，但我可不能拖累你吧？"

看来比起自己，她似乎是考虑到自己的朋友三宅才答应的。

"那么，今天就解散了。我打算后天开始举行第一次的读书会。"

幸村如此总结。他预计在今天、明天研究题目并制定对策吗？

之后，就算我们宣布解散，离开了帕雷特，佐仓也没过来搭话。

5

"这是很有用的消息呢。确实会想先试试校方会允许哪种难度的题目。"

我和他们三个分开回到宿舍之后，就立刻联络了堀北。

是为了将幸村的消息传达给堀北，并请示今后的做法。

"我和平田已经正在制作对抗C班的题目，但我也想知道陷阱题可以出到什么程度。让我好好共享你那边的消息吧。一切好像都进行得很顺利，真是太好了呢。但Ｃ班负责出题的是金田同学，这点可信吗？"

"没有百分之百的保证呢。但在读书会上研究留意金田这号人物的出题倾向与对策，也是一种办法。应该也没坏处吧？"

"是呀。假如这次考试全都是难度很高的题目，即使是我们，或许竭尽全力也只能考到八十到九十分。"

如果比学校出的题目还难以应付的话，那大概就是分数的极限值了吧。

"对了，今天读书会进行得如何？方便的话，可以说给我听吗？"

这不是需要隐瞒的事，于是我就老实说出今天发生的事。不过，我有稍微夸大其词。我彰显了自己交到朋友的事情。侧耳倾听的堀北却完全没提及那点，对我的话左耳进右耳出。

她唯一在意的，就是三宅与长谷部的学力有许多类似之处的部分。

"他们好像完全不是故意的，还真巧呢。"

"是吧？"

即使偶尔会有擅长与不擅长的题目重叠，但相似度如此之高就很稀奇了。

"我会暂且试试看。毕竟感觉他们都很好相处，悟性也很高。"

"麻烦你了。另外，我还有另一件事想拜托你。幸村同学读书会休息的日子，可以请你也来我这边露脸吗？"

"这和最初说好的约定不一样吧？"

"没有任何不同。你不需要教书，我只希望你管理大家。"

管理的那个字眼很含糊。太过含糊不清，我完全不知道在指什么。那就像朋友以上、恋人未满这句话的定义一样，让人搞不清楚。

"……什么管理啊？"

我这么反问道，接着便听见了她故意似的叹息声。

"我一个人要照顾这么多人学习，这就是个问题呢。不管怎样，我都无法监督到所有人。我想请你监视大家有没有好好念书。"

"学校一个老师就教好几十名学生读书吧？你别想得太天真了。"

"说得真自以为是，但老师也无法监督到所有人，所以才会有池同学他们那种成绩不好的学生。即使是像这所学校装设监视器，情况也一样呢。就算只在上课态度上蒙混过去，但到头来就是因为他们没专心念书，才会被逼入像现在这样的绝境。"

我以为自己很勇猛果断地反驳了，却一口气遭到反击，并且被她击沉。

"幸村同学也因为不习惯教人而正在苦战吧，但我这边因为人数多所以难以驾驭。尤其是池同学和山内同学。因为他们比幼儿园儿童还更欠缺专注力。"

池和山内好像参加了读书会，不过似乎有点恣意妄为。

"你有什么要反驳的吗？"

"没有。"

"很好。"

"我晚上可以不出席吧？"

"可以。因为晚上比白天好太多了。但与男生相反，有一部分女生会很吵呢。"

原来如此。原本没打算参加读书会的女生们因为平田参加了吗？即使平田已经有轻井泽这个女友了，但接触帅哥应该感觉也不坏吧。既然驾驭那个帅哥的轻井泽在D班里的人气必然会提升，那这就并不是不好的发展。

虽然我并没有参加，但总觉得她团体的情景就浮现在脑海，感觉相当有趣。

话说回来，在很吵闹的话题中没有须藤的名字。

"须藤很乖吗？"

"嗯，他很认真投入。虽然学习水平还没有达到初中生程度。"

水平就暂且不说，但他在态度方面确实在努力。

"明天起就麻烦你了。"

至少没有好预感的这点，我很确定。

"对了，包含读书会的事情在内，我想先做一下确认。栉田她怎么样？"

"怎么样是指？"

"没什么特别变化吗？"

"当然。她在尽她所能帮忙呢，我们还达成了请她每天出席读书会的约定。"

我想问的不是那部分，就堀北的立场来说，好像也还没发生要特别说出来的事件。毕竟是第一天，我应该没机会讨论到很深的地方吧。不过就我的角度来看，我无法悠哉旁观也是事实。

"你已经开始制作对抗 C 班的题目了吧？"

"当然。作为基本方针，我打算加上平田同学以及幸村同学的意见来制作题目。我本来想请更多人帮忙，但人越多，越会增加题目走漏的风险，所以我很烦恼呢。"

没错，题目与附带的答案，就是 D 班的防守要点。就算努力学习，防守要是被击溃，那我们根本就撑不住。不管发生什么，考题也不能泄漏出去。毕竟可会有人前来刺探消息。

"即使如此，要完美地排除外人也很困难吧。考虑到栉田的性格与她至今为止的行动，她不是也参加了晚上批次的读书会吗？你也很难和平田商量吧。"

"是啊，这点我确实无法否定呢。但她也无法随意行事。我想只要我们不拜托她帮忙出题，她应该就不会说出不谨慎的话。"

我们彼此都只是在推测。栉田下次会采取怎样的行动，原本就是我们双方都无法预测的事。

"对D班来说，题目与答案就是命脉。你别忘了如果考卷外流，D班就一定会败北。"

不管有没有想要把栉田纳入伙伴的想法，这是必须先考虑的问题。

现在的状况不容许放着眼中钉不管。

"我会避免考卷公开。但这大概不是轻易就能解决的问题吧。"

"我担心的不是制作中的过程，而是在那之后，就是我们向校方上交考卷之后。只要考前最后一天向茶柱老师确认题目与答案就行了。"

体育祭时，栉田为了把参赛表泄漏给C班，对我们使出了那个手段。

龙园会来委托栉田，也能想象得到吧。

"也就是说，除了和她心平气和地好好谈就没手段能够使出了。"

"即使如此，万一考卷泄漏给C班，你要怎么办？"

"那种情况……我不想去想呢。"

"不能不去想吧。这是攸关D班所有人的事。不管再怎么努力学习提高分数，如果 C 班可以得到考卷答案，我们就没有胜算。"

只要答案被对方完全背下，我们就输了。

"是啊，我也了解你会不安，但我自己也在思考对策。现在已经过了晚上十点，我想在睡前再多出几道题目，我可以挂了吗？"

我同意并且结束了通话。我发现手机剩余电量很少，就把它插在床附近的插座上。

这次的课题与体育祭时的流程相似。就像体育祭上使用的参赛表就是命脉，期末考上则是考卷担任了命脉的职责。龙园或栉田不是用相同手段就可以行得通的对手。他们一定会想到其他手段才对。

堀北说自己会思考对策，但我不知道她会思考到何种程度。

她应该打算从正面说服栉田吧。

我一点也不打算嘲笑堀北的作战。倒不如说，除此之外别无他法。

虽然只是假设，但假如我要拉栉田入伙，届时我应该会用对轻井泽做过的那种威胁，不，我应该会使用更甚于此的做法让栉田屈服。不过，我还不清楚栉田过去的细节，在现在这种状况下，我也无法使用那种手段。再加上，如果考虑到我下决心的方式跟栉田不同，实际上也无法保证我可以成功威胁。这两者看起来相似，但其实上并不一样。

"……我该怎么做呢?"

很遗憾,现在的我想不到其他手段。

我挂掉电话,休息了一会儿,便收到了一封邮件。是龙园寄来的。

体育祭之后,我从 C 班学生真锅等人那儿问出了龙园的邮箱地址,并且发了邮件。龙园到现在才回信。

你是谁?

内容只有这样一句话。

"又是封没意义的邮件……"

我可没有闲到会回复龙园。我用的免费信箱,无法追踪。这种事应该很显而易见才对,这大概是龙园在闹着玩吧。

我决定无视邮件并去睡觉。

6

放学后的图书馆,尽管时间还早,却因为有许多学生而相当热闹。

虽说热闹,但这也并非学生们沉浸在聊天里的吵闹。

因为平时连一成都没坐满的座位,现在将近一半都坐满了。当然，大部分学生们都不是在看书，或是和朋友聊天，而是在埋头学习。

"咦……图书馆是这样的啊！"

一名学生在我身旁感兴趣似的嘟哝道。

对，我身旁稍微发生了问题。

佐藤好像决定参加读书会，于是就跟我一起来到了图书馆。

上次交换联络方式之后，佐藤一次也没联络过我。这实在很尴尬。

"我是第一次来图书馆，绫小路同学你呢？"

"……我来过好几次了。"

"这样啊，没想到你竟然会主动学习呢。"

"与其说是学习，倒不如说在打发时间。"

"来图书馆打发时间？真奇怪呢。"

我姑且算是做了对答，但有点心不在焉。

因为我完全不懂佐藤现在是抱着怎样的心情来接近我。不过，佐藤毕竟也是女孩子。她不会漏看我细微的变化。

"绫小路同学……你会很困扰吗？"

"你是指什么啊，佐藤？"

"唔，毕竟我突然说要参加读书会。"

"我无所谓。负责教书的堀北或栉田她们与其说是困扰，反而会很开心吧？"

同班出现退学者，一点也不值得高兴，也没有任何好处。

"不是那样啦……"

当然，那不是佐藤期望的答案吧。她有点沮丧。

不过，图书馆这地方有点棘手。我为避免打扰其他学生而小声说话，相对使我与佐藤之间的距离出乎意料得近。我连佐藤细微的呼吸都感觉得到。

难道这也算是宝贵的青春中的一环吗？若是这样，青春也许出乎意料地是种严苛的东西。因为这状况对我来说一点也不值得开心。我会无谓地紧张，也会不由得担心佐藤，揣测对方的情感，并且谨慎用词。

我现在只想快点回去。

不……并不是这样的吗？

我尝试冷静，重新思考现在的状况。

我确实困惑于过去不曾经历的事情。这件事被归类到"恋爱"里实在是太抽象了，而且不存在明确的答案。从过去活在不是零就是一的世界的我来看，我会出现拒绝反应也是很自然的吧。

但我不就是因为期盼那种零或一之外的东西，才来这所学校的吗？

"大家都好认真呢，竟然会专程来图书馆学习。"

"在这里开读书会是惯例呢。"

堀北接下佐藤对我说的这些话。

我因此恢复了冷静。我将脑袋放空。现在先只专注平安度过这场读书会吧。

堀北昨天就已经来过图书馆，好像对这片光景不感惊讶。

"你们两个，可别像昨天那样吵闹了。下次或许就不只是被严厉劝戒就能了事，我们也可能被赶出去。"

"知、知道了。"

堀北告诫池和山内两个问题儿童，同时占好位置。虽然只论空位的话，这里半数以上都是空的，但也并不是哪儿都能坐。

这好像是每个学校都会有的现象，学长学姐、学弟学妹可以使用的空间是分开来的。学长学姐优先使用的空间，在咖啡厅的话就是风景好的窗边，在这间图书馆的话就是免费饮料机的旁边——这些事情都成了潜规则。

在这般地盘划分严格的情况下，一年级生被允许使用的部分就是接近入口的嘈杂地方。不过，这次有除此之外不得不注意的事。

可以的话，我们想避开 C 班学生所在的地方。

"堀北，你打算怎么做？"

"如果是你担心的那点，大可不必操心。因为我已经使好手段了。"

堀北的视线前方有人在一年级使用的区域走动。一名发现堀北的学生站了起来。对方慢慢挥手，招手叫我们过去。

她是一年 B 班的学生——一之濑帆波。一之濑附近的 B 班学生们共有八名。

男女各四人，加上一之濑一共九个人。

从我隔壁邻居的侧脸看来，这似乎不是偶然。我们走了过去。

"让你们久等了吗?"

"不，完全不会，因为我们也才刚到。对吧，各位。"

"昨天我在图书馆见到一之濑同学，就提议要一起办读书会了。因为我们在这场考试中不会和 B 班竞争，我认为我们两个班可以互相帮助。"

堀北居然会主动和众多旁人牵扯上关系。她昨天说要告诉我的，就是这件事情吧。

好事多磨。但池他们在进到图书馆之前都很安分，结果兴致却往奇怪的方向高涨。

"池同学，我刚才劝戒过你吧……?"

堀北使劲抓住池的手臂，池害怕得就像只被蛇盯上的青蛙。

池他们会在读书会吵闹的理由原来就在这里啊。如果和 B 班的女孩子待在一块的话，会变得得意忘形也不是不能理解。

"今天绫小路同学也来了呀!"

"我本来就是不及格边缘的学生。或许要暂时受你照顾了。"

"这点是彼此彼此哟。"

虽说这里是安静的空间,但也不是完全无法对话。当然,以一定程度的低音量说话是必要的。由于一之濑他们好好地占住角落的位子,因此我们的对话也没那么引人注目。另外,室内播放的音乐也漂亮地替我们遮盖了那些低语的声音。这是贝多芬的第六号交响曲《田园》。

虽然不知是谁选的曲子,但可以令人放松,是个相当好的选曲。

不过,堀北居然会想到联合读书会啊。若真的可以互相合作,这场考试就很可能提高获胜概率。像是互相交换班级拥有的消息,人数多的话着眼点相对也会增加,对出题也会派上用场。

不过,我们同时也会有风险。如果B班学生有和C班学生交情好,这些消息恐怕就会泄漏出去。堀北当然也是考虑到这点,才会联合起来战斗吧。

各班学生随意坐在空位上。

"我们坐这里嘛,绫小路同学。"

"好、好的。"

佐藤催促着我并招手叫我过去,我便在她隔壁座位坐下。

"什么嘛，佐藤。你今天还真是常待在绫小路附近呢。"

"那是当然的吧……毕竟我们变成搭档了。"

我可不能被一之濑贸然盯上，于是一就座就拿出课本与笔记。就算只是装装样子，我应该也必须学习吧。

"欸，绫小路同学。我该怎么学习才好呢？"

"……那种事，你去问堀北她们吧。"

"这不是个好机会吗？都组成一队了，你要不要顺便照顾一下佐藤同学？"

堀北也不懂我的感受，就说出这种不负责任的话。

"我和佐藤的考试分数差别只有一点点，根本谈不上教书吧。我甚至还想被人教呢。"

也因为一之濑在眼前，我于是急忙打圆场，但这或许失败了。

"是吗？我知道了，那就由我来好好教你们念书吧。"

堀北刚才好像是为了引出我的承诺才那么说的。

"一起加油吧，绫小路同学。"

"好、好的……"

实在很令人费神的读书会好像就要开始了。

这预感几乎应验了。

"绫小路同学，你总是很沉稳呢，感觉有点老成。你初中时是怎样的人呢？"

佐藤猛然靠过来，并把身体往前倾，然后抬头这么问道。

"很普通吧。并不起眼，和现在没有不同。这种就叫做阴沉吧？"

我用贬低自己价值的风格，试图与佐藤保持距离。

不，并不是佐藤不能对我怀有好感，而是因为有好几道令人不舒服的视线正在看着我们两个，我无法忍受这点。

尤其池和山内都对我报以露骨的怀疑眼神。

"绫小路同学不阴沉呀，难道不是很酷很冷静吗？"

"我想我和'很酷'这个词沾不上边。"

"是吗？虽然我不知道别人怎么想，但我觉得你很好哟。"

看来我不管说什么，佐藤都只看得到我的优点。

那么，我就在此使用正当方法脱离窘境吧。

"……那，就从不擅长的地方开始问吧。你有期中考的考卷吗？"

"有哟。"

她从背包取出变得皱巴巴的考卷并摊开。每一科的分数都在五十分附近徘徊。虽然勉强及格了，但是实际情况却并不妙。简单的题目答对了，不过难度中等以上的题目正确率就很低。

佐藤至今没怎么认真学习就能通过考试，我甚至觉得很不可思议。

"怎么样？有点糟吗？"

"……我也差不多，一起加油吧！"

"嗯！"

佐藤兴致高昂地点头，但我真希望她的嗓门别那么大。

"总觉得你们好像很要好欸……"

池远远看着我们吐槽道，并投来怀疑的眼神。

"我们是搭档，互相合作是理所当然的吧？"

在我正烦恼的时候，佐藤以考试为由，堂堂正正地答道。

"别说那种莫名其妙的话，给我好好学习。"

堀北并不在意谁和谁关系要好，而劝戒了池。

"什么嘛……我知道啦。"

池好像很不满，但他还是急忙翻开书准备学习。

这真是教育的成果呢……他被管教得很好。

7

读书会平安无事地结束，学生们都各自开始准备回寝室。

"啊……我累了！"

池他们连在课堂上都无法保持注意力，在他们看来，放学后的读书会简直就是地狱。

虽然没有老师的耳目，但没有自由的时间应该也很难受吧。

池他们露出爽朗的表情，堀北见状，眼神变得相当冰冷。

"可不是今天就结束了，别忘记明天也有读书会。"

"我、我知道啦，但就算现在稍微高兴点也没关系吧？辛苦了！"

池等人就像脱兔一般离开图书馆。

"D班真热闹……我都希望这份热闹可以稍微分给我们一点了呢。"

"在不好的方面是如此没错呢。我很羡慕沉稳的B班。"

一之濑和堀北都在强求自己没有的东西，但令人羡慕的应该是B班的环境吧。

他们参加读书会的学生比例比D班高，而且注意力很集中。

最重要的是，他们既安静又沉稳，班级携手合作的想法很强烈。

"那么再见喽。堀北同学也再见喽。"

栉田也带着数名女生离开了图书馆。

"嗯，再见。"

如此简短交流后，栉田等人便若无其事地离去。目前栉田没有显眼的举动。看来好像都在互相揣测、制约对方。

"一之濑同学，我可以问你个问题吗？"

"嗯？什么呀？"

"可以的话，我只想让你听见，好吗？几分钟就结束了。"

她将视线投向原定要和一之濑一起回去的B班学生。

"几分钟是吧？各位，抱歉，能请你们在走廊等我吗？"

"嗯，没关系。"

B班的学生好像很爽快就接受了。一之濑于是答应留在现场。

D班和B班所有学生都结束手边工作并且离开。

"我也可以留下来吗？"

"你在或不在都一样，所以无所谓。"我一时以为她好像在挖苦我，但我想她大概是通过这么说，来使我留下来吧。

"所以，是什么事情呀？"

像这样她们两人单独相处（虽然我也在）的感觉很奇怪。

性格截然不同的一之濑和堀北肩并着肩。

"或许你会觉得理所当然，但如果伙伴伤脑筋的话，你都会帮助他们吧？"

"嗯？假如伤脑筋的话，帮助对方不是当然的吗？"

"是呀，B班现在开读书会也是其中的一环吧。不过，就算一概地说要帮忙，但那也是分情况的。像是为了提升学力、霸凌问题、金钱问题，或是交友关系、与师长之间的关系。人在生活的方方面面都有烦恼。对于那所有的事项，如果正在伤脑筋的伙伴来寻求帮助，一之濑同学你都会伸出援手吗？"

"那是当然的呀，只要我能够做到的，我都打算去做。"

虽然问题很困难，不过一之濑马上就做出了回答。她的眼神看来没有任何迷惘。

"那对你来说，对方是否为伙伴，你有明确的判断标准吗？"

她现在因为自己与栉田之间的对立关系而找不到答案。

或许正因如此，她才会像在寻求救济一般，对一之濑抛出这种问题。

"嗯……我有点不懂，这是什么意思呢？"

"虽然这是举例，但只要是B班学生，无论是谁你都会无条件帮助吗？就算是平时没有深交过的学生。"

"就先不论对方是如何看待我的，只要是B班的学生就是我的伙伴。假如对方有困难，我绝对会帮忙。"

"这或许是很愚蠢的问题呢。"

面对一之濑再次毫不犹豫立刻回答，堀北对自己提问的愚蠢叹了口气。

"我就愚蠢地再顺便问你一下。就假设 B 班里有个生理上讨厌你的存在，你们平时关系就很差。你能够喜欢那个人吗？还是说会讨厌对方呢？"

"不知道呢……那或许有点困难。要是被对方讨厌的话，我大概也会束手无策，所以只能尽量不被讨厌地避免接触呢。"

"那么，如果那个人有困难的话……你会怎么做？"

"我绝对会帮助对方哟。"

一之濑对最后的问题也立刻作答。

"就算被生理上的厌恶，那也是我的问题。毕竟 B 班的人都是伙伴嘛。"

"B 班对你而言，真的是很重要的存在呢。"

"嗯，大家都是好孩子哟。一开始我也曾经因为自己不是 A 班而失望过，但现在我觉得被分到了最棒的班级。堀北同学，你不这么想吗？"

"我想想……久居则安，D 班意外地也不坏呢。"

"哦……"

"绫小路同学。我很讨厌你的那种眼神。"

我对夸奖 D 班的堀北倍感惊讶，结果就被她瞪了一下。

"虽然插入你们两个的对话很不识趣，但我也可以问你一个问题吗？"

"你尽管问。"

"我可以理解 B 班同学无条件就是伙伴。我和堀北都隐约了解那种想法。我也觉得和同舟共济的人变得要好就像是必然会发生的事。不过，A 班或 C 班、D 班里都有你可以称作朋友的存在吧？"

"对我来说，绫小路同学或堀北同学都是很重要的朋友哟。"

"如果我们有困难呢？要是我们央求你要借一百万点呢？"

"如果有正当理由，我会帮忙哟。这无关金额，我应该都会尽己所能吧。"

"真是的……你人到底好到什么地步呀。这样不就是任何人都会帮了吗？"

"嗯……这样说也没错，但现实没有那么简单呢。我个人能办到的事情有限。就算龙园同学有困难，我应该也无法像帮大家一样帮助他吧。嗯……不过啊，如果不是什么大不了的事，我会帮忙啦。"

她补充似的说道。通常我们就连"不是什么大不了的事"都无法做到。

"大概就是这样吧。只要我认定是朋友的人，事情大小都不是问题。"

"虽然很令人感激，但你轻易就说出那种话，没关系吗？说不定我有困难时，就会央求你帮我哦。"

"我很欢迎哟。因为只要是我认定的朋友，我一定会帮。"

堀北看见这种程度的好人模样，好像想到有点坏心眼的事。与平时冷静的她不相衬地说道：

"那么……如果我和神崎同学同样都有困难，你会怎么做呢？"

"两边都帮……这个回答应该不行吧？"

"要是这样的话，那你肯定两边都会帮呀。"

"哈哈，真伤脑筋。"

被提出某种意义上很不合理的二选一，虽然只是假设，但一之濑很不知所措。

"抱歉，这个问题我应该给不了你准确的答案哟。我能够判断的，就只有两名朋友都为相同的问题所苦，而且都同样来寻求帮助。"

一之濑烦恼到最后所给出的答案，实在很像是她的作风。

堀北听见这些话，便打从心底惊讶，同时也很佩服。

"我不相信纯粹的好人。我认为人大多都是会寻求回报的生物呢。"

堀北的主张、一贯秉持且坚信的理论逐渐站不住脚。

"但是看着你的话，我就觉得好人或许真的存在。"

她说出率直的想法，但一之濑不知为何没有正面接受这句话。

不，应该说是无法接受吗？

"你……你太抬举我了，堀北同学。"

一之濑一直以来都耿直、诚实地回答，我看见她的眼神初次游移不定。她离开座位，走到图书馆的窗边。

"没这回事。起码你比我至今见过的任何人都还好。这是我的真实想法。"

"我不是那么优秀的人哦。"

她看起来动摇到甚至无法直视堀北的脸。

"真的没什么大不了的……"

堀北也在此察觉自己莫名地过度抬举一之濑，而向她赔不是。

"对不起，我好人好人地说得太过了。我没打算让你不愉快。"

"没关系，我并没有不愉快哟。"

她明显很动摇。

我以为一之濑的内心没有任何阴影。

不过，或许是我弄错了。

"你要谈的就是这些吗？小千寻她们正在等我，差不多可以走了吗？"

一之濑逃走般的离开位子。

"谢谢你愿意回答我这种莫名其妙的问题。"

"没事。那么，明天见喽。"

一之濑离开图书馆后，剩下的学生就变得越来越少。只有几名三年级学生，以及感觉是图书委员的学生。

"我们回去吧。我今天还有事要做。"

"虽然有点啰嗦，但栉田的事情，你打算怎么处理？你的语气就像是有想法呢。"

堀北应该也不喜欢被问好几次吧，可是我不得不问。

"她是特别的。无论如何，说服她都要很谨慎。"

"特别？"

"我想了很多。想着我如果没来这所学校，栉田桔梗这名学生会过着怎样的校园生活。我马上就得出结论了。她会是像现在这样受到所有人信任、依靠，而且既会读书，又会运动，没有一点缺点。她应该会就这么毕业吧。可是，我却不小心夺走了她这样的未来。她现在甚至和身为敌人的龙园同学联手，急躁得想把我赶出去。就算这是和自己班级敌对的行为，她也没有犹豫。当然，这可不是我的错。只是不幸同校的命运不好。但即使如此，对我来说，这也不是毫无关联。"

所以她才要说服栉田啊。

现在堀北比我想象中还更觉得这是她自己的责任。

不，她是打算完成职责吗？

"我有些提议，可以听我说吗？"

"是怎样的提议呢？"

"我总觉得找到了为了让枥田和你和解的一块拼图了。"

"什么意思？"

"一之濑是好人。是否纯粹是个好人另当别论，但你也同意她不是一般的好人吧？"

"嗯，说得难听一点的话，她毋庸置疑是个滥好人呢。"

"要不要借用那个滥好人的力量，请她从中调解呢？老实说，就算想一对一谈话也不会实现吧。就算这样，如果是找 D 班的某人，枥田也绝对不会暴露本性。"

"就算是一之濑同学不也一样吗？只要在这所学校，无论是谁都一样呢。"

"那么，还有其他任何可能从中调解的学生吗？"

"这……"

"如果要指名校内的人，应该就会指名一之濑吧？"

"我不否定。但即使这样，我也不认为那是正确答案。"

"我没有说会因此解决。这仅是通往解决道路的一座桥。现在你们两个也无法如愿交谈。请一之濑介入你们之间，对话也会比较起劲吧。"

事实上，我认为一之濑就是解决问题的起点。

剩下的就只有使用方式的差别。

"你还真是戳到了我的痛处呢，但我不会参与那种计划。我接下来要和一些人碰头。而且栉田同学的那件事要由我来解决。"

也就是说，她不能把一之濑卷入吗？

8

出了走廊，便发现了一个始料未及的人物正在等着我们。她看见我们就轻轻挥手，并且挂着笑容靠了过来。堀北没有惊讶。何止如此，她一看见栉田的身影就主动积极地上前搭话。

"栉田同学，让你久等了。"

"没关系，离约定时间也还有一会儿。你刚才在和小帆波说什么呢？"

"是很无聊的话题。"

"真感兴趣呢。还是说，你没办法告诉我？"

她的语气与笑容依旧，但我感受到一股仿佛针对堀北的沉重压力。

"是啊，毕竟那不是与你无关的事，我就告诉你吧。"

堀北就像在刻意诱导对话似的将她与一之濑之间的对话内容告诉了栉田。

"我问她……怎么做才可以一视同仁地对待所有人。"

"哦？"

"我不打算拐弯抹角地说是谁呢。我就是在指你哦，栉田同学。"

"堀北同学。或许我确实没办法和你变得要好，但这种事我希望你可以在绫小路同学不在的地方说呢。"

栉田的言外之意，应该是不想继续增加知道自己秘密的人。

"还是说……绫小路同学和一之濑同学都知道了呢？"

锐利的视线射穿堀北。堀北率直地接受了这视线。

"说得也是。抱歉，绫小路同学，可以先请你回去吗？"

"……我确实会碍事呢。那我就先回去了。"

我先行前往玄关，换好鞋子后，就一路朝宿舍前进。路途中堀北来电，我便接起了电话。

"我和你是同所初中的学生。因为我知道你的过去，所以你想让我退学。大概就是这么一回事对吧？"

接着，电话里传来模糊的声音。

看来她似乎把手机放进口袋，偷偷打电话给我。这好像是堀北给我的特别福利，表示愿意让我听见对话内容。

"真突然呢，为什么要忽然提起过去的事？我不喜欢那个话题。"

"我也不想回顾过去。不过，这对我们来说是无法回避的事。"

"是呀，毕竟我们几乎没有机会独处呢。嗯，我确实希望你从这所学校消失哟。因为你和我同所初中、同学年，又是知道那个事件的人。"

"我想了很多次。我确实听说过事件，但对原本就没朋友的我来说，那不是我会感兴趣的事。我听到的只是谣言，并非事实。"

"你觉得我会相信吗？"

"嗯，我无法填补与你之间的隔阂，就是归咎于这点。不管我怎么否认，你都无法相信我。不仅如此，我认为你无法容许我知道那起事件，才会想把我赶出学校。"

栉田不否定。堀北继续说道。

"你要不要和我打赌，栉田同学？"

"打赌？这是什么意思呢？"

电话另一端寂静无声。

她们两个好像停下了脚步。堀北对栉田提议打赌。可以猜到这并非当场的突发奇想，而是先前就想到的事情。

"你不想让我继续待在这所学校，这是个无可奈何的问题，对吧？"

"是呀，只要你在这所学校，我的想法就不会改变哟。"

"可是，我们都是 D 班学生。今后不互相协助的话，是无法升上 A 班的呢。"

"那是依想法而定的呢。我认为那是只要你退学就会解决的问题。"

"你打算退学吗？"

"怎么可能。要退学的话，也是你退学。"

虽然声音模糊，也有许多不太清楚的部分，但双方的声音都很冷静。

"我也没打算要退学呢。"

"那就没办法了呢，我认为我们不管怎样关系都无法改善。"

"是啊……或许如此呢。从那天到现在，我就一直在思考，思考该怎么做我们才能共存。"

连我都想不到解决之策。就连现在也是。

"我得到了结论。就是不管再怎么挣扎，这都是不可能的呢。"

"我也这么想哦，堀北同学。我们之中必须有一个人退学，不然是不会结束的呢。"

"但我们也不是小孩子。如果只是这样互相排斥是无法向前迈进的呢。不过你不信任我。"

短暂的沉默后，栉田反问：

"那你要怎么做？打赌是指什么？"

"这次期末考上，如果我考了比你高的分数，我希望你今后能协助我，并且不与我作对。不，我不奢求你协助我呢。我希望你今后别妨碍我。仅此而已。"

"意思是不论搭档总分，你想进行个人比赛吗？"

"嗯。"

"这可是很胡来的赌注呢，堀北同学。我从没在考试上赢过你，如果是总分的话就更难了呢。再说，我不认为我赢的时候会有什么好处欤。"

"是呀，所以赔率理所当然就会相对不同呢。因此……"

这时，堀北说出自己接下来将会很辛苦的发言。

"我们不比总分，就以期末考举行八科的其中一科来决胜负吧。你可以选择自己擅长的科目。然后，假如你的分数高于我的分数，到时我会主动提出退学。如果是这种赌注你也不愿意吗？"

堀北说出令人难以置信的赌注。

两人原本就有实力差距的话，胜负很难以实现。

不过，这若是赌上堀北自行退学的提议，状况就变得不一样了。

而且还设定了可以选择栉田擅长科目的这种明显利于栉田的条件。

假设栉田输掉也没必要退学，只要不妨碍堀北就行了。另一方面，如果栉田赢的话，碍事的堀北就会退学。

"这也可能变成单纯的口头约定吧。像是你输掉之后把比赛当作没发生过。当然，我也有可能不遵守约定呢。这场比赛真的能实现吗？"

"为避免那种情况，我自己准备了可靠的证人。"

"可靠的证人？"

"可以麻烦您吗……哥哥？"

"唔！"

那名人物现身时，栉田好像真的很惊讶。我也一样。

那是隔着电话听见的意外人物。

虽说是为了提高自己提议的可信度，但她还真是把不得了的家伙当作证人了呢。

"非常抱歉，哥哥。我无论如何都想借助您的力量，才会把您叫来。"

对，前来的证人就是堀北学。他既是前任学生会会长，也是堀北铃音的亲哥哥。

"好久不见，栉田。"

"……您还记得我？"

"只要见过一面的人，我都不会忘记。"

他恐怕是在说初中时的事情吧。堀北兄妹是同一所初中。不过，由于哥哥毕业，他应该完全不知道关于栉田引起的事件才对。

"他是这所学校里我最能信任的人。对你来说应该也是一定程度上能够信任的人吧。当然，我对哥哥也没说过详情。"

"我不过是单纯作为证人才被叫过来。对详情也没兴趣。"

"这样好吗，堀北学长？假如您妹妹在考试上输了的话……"

"提出赌注的是我妹吧，那这就不是我该插嘴的事。"

"我发誓就算输掉也不会和别人说出任何不谨慎的发言。如果我这个妹妹是那种会打破约定的人，这件事要是广为人知的话，也会伤及哥哥的名声。我绝对不会做出那种举止。"

这是最有力的保证呢。

"你是认真的呢，堀北同学。"

"我也无法一直止步不前。"

"好，我就参加这场比赛。我希望的科目是数学。赌注内容就按照刚才堀北同学所说的没关系。如果同分就视为无效，可以吗？"

堀北点头答应。这样比赛就在堀北哥哥面前见证了。双方都没退路了。

"我就作为证人完成职责吧。万一某方违反约定，就要请你们做好准备。"

即使已不再担任学生会会长，她哥哥的权限应该也还是很大。

起码在她哥哥毕业之间，栉田也不得不遵守约定。

"谢谢您，哥哥。"

在这句道谢之后，暂时变得沉默起来。感觉她们是在目送堀北的哥哥离开现场。

"真期待期末考呢，堀北同学。"

"我们彼此都尽全力吧。"

"是呀。还有也请绫小路同学多多指教哟。"

"……你为什么会在这里提到他的名字呢？"

"因为我也不笨。你告诉他了吧？关于我的过去。"

"这……"

"啊，你可以不用回答哟。反正不管怎样我也不信任你，这并没有影响。我不会让赌注无效，你就放心吧。因为我之前让绫小路同学看到过不太妙的模样呢。这没关系哟。"

堀北受到锐利的指摘，动摇与焦虑通过电话传了过来。

"即使如此我还是要回答。我确实跟绫小路同学商量过你的事情呢。"

"是吧。我隐约猜到了。而且，你现在也正在用手机通话？谁教我打给你好几通电话，你都一直在通话中呢。"

这不是纯粹的直觉，栉田是有自己的根据及把握才射出手中的矛。

"你可以立刻来会合吗，绫小路同学？"

栉田的声音从远方传来。

看来她在呼唤我。我在此老实回应比较好。

9

我折回学校，与堀北她们会合。

"哈啰……"

虽然看起来像平时的栉田，但我无法窥知藏在她表情之下的真心。

"真是败给你了，栉田同学。你的洞察力与行动力果然很厉害呢。"

"谢谢。别看我这样，我平常就在观察许多人了呢。"

"为什么要叫绫小路同学来呢？我想话题已经结束了。如果你对我擅自把事情告诉他有所不满，就对我说吧。"

"我没什么不满哟。因为我只是觉得姑且要先面对面直接告诉你们。我在想这项赌注能不能再多加一项条件。"

"条件？"

"假如我在分数上赢了你，我也想让绫小路同学退学。"

栉田果然提议了。我从出现赌注话题时开始就在想这个可能性了。

"这我没办法答应呢。"

"就我的立场来说，只要是知道我的事情的人，我都想让他们一齐消失呢。就算堀北同学不在，假如绫小路同学留在学校，我烦恼的祸根就会留下来。"

"或许如此。但这是我个人的赌注，我无法把绫小路同学卷进来呢。假如条件就是要让他也退学，那很遗憾，这项赌注就不会成立了。"

堀北好像原本就准备了结论，在我回答前就拒绝了。

正因如此，她才从未把这赌注的话题说给我听吧。她在避免让我成为共犯。

"这样啊，真遗憾。若是那样我就能一举两得，省下功夫了呢。"

"我也是你希望退学的对象啊。"

虽然我早有察觉，不过还是非常遗憾。

"啊哈哈哈，你不必遗憾哟。因为这不是绫小路同学的错，只是你不该知道的东西太多了呢。"

"我保证不会告诉别人……这样对你来说应该行不通吧？"

"要是行得通的话，堀北同学也不用跟我打赌了吧。"

"你果然是 D 班需要的人才呢。"

栉田确实对对方观察入微。会是堀北认同、想要的人才也理所当然吧。

"你变了呢，堀北同学。之前你明明就不是会说这种话的人。"

"要是内部矛盾不断的话，就无法爬上 A 班。这会是永远的恶性循环呢。"

她们两个至今为止有这么心平气和地谈过话吗？

她们彼此认真敌对，才有初次能够互相理解的话题，这也是很悲哀的命运呢。

只要她们没有就读同所初中，栉田就一定会老实地协助堀北吧。那么一来，平田与轻井泽无法影响到的同学，她也可以产生影响，或许 D 班就可以在更早的阶段团结一致。

"我也来参加那项赌注吧！当然，我赌堀北会获胜。"

"欸，你在说什么，绫小路同学？这是我和她的胜负，与你无关。"

"确实是这样呢，不过偷听也是事实，并不是完全没关系吧。"

堀北想避免自己的责任变重，但我反而把这当作一个好机会。就算堀北获胜，暂时从栉田的攻击对象中排除，也无法断言栉田下一次不会攻击我。

既然如此，现在在此先把一切弄清楚，之后才会比较轻松。

"如果你愿意的话，我会很开心呢。"

"但如果要加入赌局，我也有一个条件。"

"嗯？"

"我想请你说出……令你想把堀北跟我赶出学校的那个'初中时期事件'的详情。"

我踏入了堀北绝对不会涉入的领域。

"这……"

我对栉田毫不客气，就算她表现出动摇也无所谓。

我可是被卷入赌局的受害者。可以通过自然地主张权利保住优势。

"我原本就有这点权力才对。我明明不知道详情却要被你仇视，而且还有被退学的可能性。你也可以理解我的心情吧？你是以堀北知道事件详情为前提行动的吧？既然这样，就算现在在此说出来也不会有任何不同。只要你能在考试上胜利，堀北和我都会退学，你也不必担心事情会被我们说出去。"

"我对她的过去不感兴趣。"

"你不感兴趣，但我感兴趣。我可不想随便就受人威胁。"

我打断了堀北不让我探究的发言。

"绫小路同学确实是被卷进来的呢，这点我无法否定。假如堀北同学没有详细说明，我应该也可以理解你会觉得这很不讲理。但你要是知道的话，就完全无法回头喽。"

"我现在已经无法回头了吧？还是说，如果我说不知道、没听说过，你就愿意饶过我？你能断言绝对不会把我当敌人吗？"

椛田在心中已经把我归分到敌人的范畴。我成了她敌对的对象。

不用等她开口，答案显而易见。

"不可能呢。"

"既然如此，你就告诉我值得我赌上退学的理由吧。"

堀北大概会奇怪我为何要做到这种地步吧，觉得我就算不特地加入赌注，背负退学风险也没关系。她在椛田面前没有说出口，但视线如此诉说着。抱歉，我可无法听你的请求。因为我得到难得的机会，我要彻底弄清椛田桔梗的过去。

"绫小路同学，你有不输给任何人的擅长之事吗？"

"我只能跟大家一样样样通、样样松。硬要说的话，就只有脚程有点快而已吧。"

"那你应该懂吧？你不觉得感受到别人没有，并且只属于自己的价值时，那个瞬间就是最棒的吗？像在考试上考第一或在赛跑上拿第一时，就会受到大家的注目一样。"

这我当然知道。人是种想被夸奖的生物。没人会讨厌受到朋友或父母的称赞、尊重。为了被夸奖而努力是很名正言顺的动机。这俗称"尊重需求"，是社会形成的基础，不可或缺的东西。

"我想我大概比普通人都更强烈依赖那种事。我非常想展现自己、非常想受人瞩目、非常想被人夸奖。我在实现以上的瞬间，就会真切感受到自己的价值有多高，感受到活着真棒。但我知道自己的极限。不论我多么努力，在课业或运动上都无法成为第一名。第二、第三名无法满足我的欲望，所以我就想——那我就来做任何人都模仿不来的事情吧。我发现只要变得比任何人都温柔、比任何人都更加亲切，我就能在这个领域变成第一名。"

原来这就是栉田温柔的根源啊。不过，比起自诩表里如一的好人，我对这种人更有好感。比起到哪儿都想装作好人的骗子，这种人反而老实。

当然，栉田做的事没有嘴巴上说得那么简单。因为就算想变得温柔，也不可能对任何人都温柔。

"拜此所赐，我才能当上红人。男女生都喜欢我。我感受到被依赖、被信任的快感。小学和初中还真是开心呀……"

"持续做自己一点也不想做的事情，对你来说不是种痛苦吗？是我的话，我想我的心灵早就支撑不住，并且崩溃了呢。"

她会想这么问也是情有可原。栉田不断做着通常办不到的事情。

"很痛苦哟。我当然痛苦。我每天都累积着好像快秃头的那种压力。我也曾经因为焦躁而拔自己的头发或是呕吐。可是,为了要不断维持'温柔的我',我不能让任何人看见这副模样。所以我才会忍耐、忍耐,不断地忍了下来。但我心灵的极限却到来了。我不可能不断累积压力。"

我可以推测栉田每天承受巨大压力,那种心灵上的折磨不是常人能忍受的。

然而,她至今是如何不断维持过来的?

"支撑我心灵的就是博客。我只能在那里释放藏在心里不能告诉任何人的压力。当然,我全都是匿名写的。不过都是按照事实写。我把平时的压力全部释放在那里。这么做我心里就会很畅快。多亏博客,我才能够维持自我。我对于来自不认识的第三者的鼓励感到开心。但某天,我写的博客却偶然被同学发现。就算再怎么改登场人物的名字,因为写的内容都是事实,所以会被发现也是理所当然呢。我不小心被人发现我对全班说的无数坏话,被讨厌也是没办法的呢。"

"那就是事件的开端,对吧?"

"隔天,博客的内容散布到了全班,于是我就被班上所有人严厉指责了。明明受了我很多帮助,结果所有人的态度都突然变了。真是自私对吧。曾说过喜欢我的男孩子还来撞我的肩膀。虽然是因为我在博客写被他告白很恶心、希望他去死，这也是情有可原的呢。有个被男朋友甩掉、我安慰了的女生踢飞了我的书桌。因为我把那个女生被甩的理由详细写下，并且嘲笑她。总之，我感受到自身的危险。因为超过三十人以上的同学都与我为敌了。"

这原本是场绝对赢不了的仗。我仿佛能看见栉田从班上被赶出去的身影。

"你是如何克服那种状况的呢？是靠暴力，还是谎言？"

这是以前我和堀北讨论过但没得出答案的谜团。

"'谎言'和'暴力'我都没有使用哟。我只是宣扬'真相'，把所有同学的秘密全盘托出哟。像是某人讨厌谁，或某人好像一直认为谁很恶心。我说出了连博客上都没写的真相呢。"

我们确实不会知道。"真相"这武器是通过累积信任才能得到，是不存在于我或堀北心中的东西。杀伤力感觉很低，但这是能以失去信任来换取效果的双刃剑。

"然后，大部分针对我的攻击都转到他们憎恨的对象身上。男生开始互殴，女生也互扯头发、打倒对方，教室里一团乱。当时还真是夸张呢。"

"这就是你引起事件的真相……"

"因为班上人际关系的内情全都被我抖了出来，所以

班级也变得无法正常运作了呢。我当然也受到学校的责备，但我只是在博客上用匿名写坏话。而且，我只是和同学说出真相，所以学校对我的惩处好像也伤脑筋呢。"

她淡然地说着，但每句话都有难以言喻的分量。

"现在不同于初中，我还不大知道 D 班学生的秘密。但我依然握有让几个人崩溃的'真相'。这就是现在我唯一的武器。"

这是威胁。意思是如果我们告诉别人，就要做好相应的觉悟。

她只要利用那些真相，也可以让开始团结的 D 班产生裂痕。那么一来，现在乘胜追击的氛围大概也会被破坏。

"把网络当作自己释放压力的工具是失败的呢。因为会被许多未知的人看见，又会永远地留下痕迹，所以我不写博客了。我现在是通过语言来释放压力，处于勉强可以忍耐的状态。"

我以前见过栉田的另一个面貌——这就是指当时她开口骂人的事吧。

"你不惜做到这种地步，就是想继续维持现在的你吗？"

"毕竟这就是我的生存意义。我最喜欢受到大家的尊敬、瞩目。知道别人只能对我坦白的秘密时，就会涌上某种超乎想象的感觉。"

知道别人心中的不安或痛苦，羞耻或希望。

这对栉田而言就是禁忌果实。

"是很无聊的过去，对吧？但这对我来说就是一切。"

栉田脸上的笑容消失。说完了过去，眼前的我们就真正成了敌人。今后她应该会不带丝毫同情地追求胜利吧。

"别忘喽，我赢了的话，堀北同学和绫小路同学都要主动退学。"

"嗯，我会遵守约定。"

栉田说完便感到心满意足，回去了。

"和栉田打那种赌真的好吗，堀北？那家伙和龙园有牵扯。换句话说，根据交涉状况不同，她也可以拿到C班的题目跟答案。"

"你才是呢。你既然知道，为何还要参加赌约呢？难道不是因为相信我不会输吗？"

"算是吧。"

我没有相信她。我只是有我自己的想法才参加赌约。

"虽然你说她也许会从龙园同学那里拿到题目，但真会那样吗？我想不用担这个心。"

"什么意思？"

"只要拿到题目，栉田同学就一定会胜利。不过，这样我也一定会退学。你觉得龙园同学会想让我退学吗？"

"……不好说。"

那家伙想陷害堀北，但目的并不是让她退学。非要说的话，他更想让堀北认输。以这种形式决胜负，不是他所期望的。再说，他还不知道在背后的我的真面目，这时他是否会想除掉关键人物堀北呢？

"但要是她说谎呢？她或许会说是为了提升个人成绩所以想要答案，而隐瞒打赌的内容。"

"龙园同学不可能无法识破。如果栉田同学想要数学的题目与解答，照理讲，他会追究理由才对。不是吗？"

"嗯，确实啦。"

但即使如此也没有绝对的保证。她说不定会顺利骗过龙园。

"这是没有绝对保证的危险赌约。"

"不管哪种考试都是这样的吧。不过只自己牺牲的话或许比较轻松呢。"

对堀北而言，我加入其中应该是她始料未及的吧。

然而，看来这就是堀北想到的，与栉田之间的战斗方式。

通过让前任学生会会长当证人，以达成自己退学的约定，并且约好不会将栉田的过去告诉别人，来产生可信度。

"这可没退路了。既然要赌，就绝对要赢。"

"这是当然的呢。"

于是，堀北赌上自己退学的战斗便开始了。

组成绫小路组

时光飞逝，我和幸村他们一起开读书会，到现在已经第五次了。

我们第二到第四次都在帕雷特举行，但今天决定在榉树购物中心里的一家咖啡厅集合。因为今天起为备考，所有的社团活动都休息，预计学校附设的帕雷特将会人山人海。

"果然啊，这里比我想象的还吵闹。"

幸村一到咖啡厅，就被学生的数量之多给震慑到了。我们设法占住座位，但咖啡厅几乎是客满的状态，于是便开始了混杂着所有年级的读书会。虽然也有很多学生安静地认真念书，但人太多的话，还是无法像图书馆那么安静。

"若是在图书馆或我房间就好了呢。"

"没那回事啦。在这里比较容易进行。对吧，小三。"

"是啊，安静的紧张气氛，我在弓道社时就尝够了。"

与幸村的想法相反，长谷部和三宅在这里好像更能静下心来。

闷在房间、面向书桌的时代已经结束。

与伙伴边说话边读书，大概就是现代的读书方法吧。是退化般的进化。

"要读书的是你们，既然你们说可以集中精力，我就相信你们。我准备了今天的课题。"

两人淡然地做起准备，交给他们的笔记上密密麻麻罗列着针对弱项文科的题目。那就像是烟火大会的露天摊贩。幸村似乎相当充满斗志。这题目值得一解呢。

"唔哇，今天也是密密麻麻的文科题目……小幸真是不留情呢。"

如果不喜欢念书，又是自己不擅长的科目，我也能理解长谷部会苦恼。三宅好像想吐，他边看着笔记本，边按着心窝附近。

"怎么能开始前就害怕。"

"说得是没错啦……但这明显比上次量多，难度似乎也很大。"

"在做之前就片面断定，就是考不到高分的学生易有的思维模式。先想着自己解得出，再挑战题目，可是基本中的基本。"

认真投入教学的幸村说道。

"不然，这题目比上次简单吗？"

"当然比较难。"

"……果然很难嘛。"

那是肯定的吧。不可能始终停留在简单的水平。

幸村的出题和解说都很精彩。或许这种表达方式不太好，但他应该具有足以冒充老师的实力吧。

虽然责备学生同时不放弃他们，但在对方无法理解时也不会大小声。托堀北成长的福，幸村好像也成长了啊。想不到他居然会有这么大的改变。

第一学期时他和堀北一起怒吼自己很优秀、待在 D 班是错的——这些就像是很久以前的事。

"来写吧，长谷部。"

三宅领悟到一直抱怨也没意义，于是便下定了决心。

"真是干劲十足欸，小三。你怎么啦，热血系？"

"社团活动难得休息，我不想因为读书浪费好几个小时时间。结束就可以回去了吧？"

"当然。"

幸村与堀北他们的教学方式也有所不同。与堀北的在规定时间内好好读书不同，幸村没有设置规定时间。读书会会持续到准备好的课题做完为止。所以可以比预计的更早结束，反之也有可能往后拖延。

哪种方式比较好因人而异，但正因为长谷部和三宅都可以坚持学到一定程度，他才会采用这种方法吧。

如果是池他们那种基础没打好的学生，这种方式就行不通了。

他们也可能为了赶紧结束，没好好思考就乱写答案。

不过，要是变成那样，到时只要顺其自然地把他们教到懂为止就好。

"没时间的话，别参加社团活动就好了。"

"我想参加社团活动，但也想要自由时间。"

"真是任性。"

无论如何，他们两个都恢复动力的话，就无话可说。万一某一方或是两人都掉队，真不晓得之后我会被堀北如何刁难。

幸村在这几次的读书会上稳稳培养的信任，看来给他们两人带来了很好的影响。我感受不到现在他们对幸村的做法抱持怀疑。

"还有，绫小路。今天起你也要写题目。"

"嗯？"

"你应该考得到一定程度的分数吧，但你的搭档对象是佐藤，必须先扎实地预习、复习才行。要是你们两个都退学就无可挽回了呢。"

"不，我……"

"你就写嘛，绫小路同学。然后一起死吧？"

长谷部像幽灵一样低着头、垂着刘海，仿佛要把我拖到井底似的用手提住我。

"欢迎光临……"

我就像被毛骨悚然的冰冷声音拖走一般，也被文科题目的黑暗给吞噬。

1

"对了，C班的吉本同学，小三知道吧？"

"你是指吉本功节吗？弓道社的。"

"对对对，就是那个吉本同学。听说他开始和二年级学姐交往了，你知道吗？"

疲于读书的长谷部开始闲聊。

"不知道，我还纳闷他最近都莫名地早回去。原来是这样啊。"

在高中生眼里，要和大一岁的人交往，门槛是相当高的。如果是三十岁左右的大人，差一两岁之类的似乎就会无所谓。虽然这是才十几岁的我无法想象的话题，但一定就是这样吧。

"吉本同学好像气势满满地说将来要结婚呢。男人真是单纯的笨蛋……"

长谷部和三宅逐渐离题。

"谁要跟谁交往都无所谓，要谈论未来也是你们的自由，但起码也要动手作答吧。"

"知道啦，只是稍微喘口气聊天嘛。"

长谷部已经习惯了，她对幸村的指摘毫不动摇。

"真是这样吗？"

"哇，感觉好像在挖苦人。我去续杯好了。"

"又是满满的砂糖吗？亏你喝得下那种超甜咖啡呢。"

"就我看来，喝黑咖啡才难以理解呢。哇！"

长谷部拿着空杯试图站起，却被摆在脚旁的背包稍微绊倒，她拿在手上的杯子因而掉到地上。

我的目光不自觉地追着那个滚动的杯子。

接着，那个杯子便滚到正在行走的学生脚边。

"啊，抱……"

长谷部打算道歉。但那个杯子随后就被踩扁，因此道歉的后续便被她吞入了喉咙深处。

"你们好像很开心呢，也让我们加入嘛。"

"你们干吗啊……"

长谷部一口气加强戒心，用锐利的目光怒瞪对方。

这也理所当然吧。因为踩扁杯子的人是龙园。他的身后还有石崎、小宫、近藤，这经常看见的 C 班三人组的身影。

龙园一副觉得很有趣似的样子，贼贼地露出笑容。

然后，有一名平时不常见的女学生也站在石崎他们隔壁。

她带着一张不适合这个场面，毫无紧张感的表情。

"欸，你为什么要踩我的杯子？这不是意外吧？"

"它滚来我脚边，我以为你不要了呢。我是为了替你省下功夫才踩的。"

他这么笑着，就把踩扁的杯子踢还给了长谷部。

杯中剩下的一点点咖啡洒到了地上，杯子破了个洞。在一旁默不做声的三宅慢慢站起。

"喂，龙园。我早就想说了，你那种态度也该适可而止了吧。"

"啊？你是在对谁说话啊？"

石崎仿佛在说不需龙园出马似的上前揪住三宅的衣襟。

"我不是在说你。拍马屁的跟班赶紧滚吧，石崎。"

三宅不为所动，并拍掉石崎的手。

"你这家伙！"

石崎喊道，接着也受到旁人的注目。

对此反应敏感的不是别人，就是龙园。

"别这样，你打算在这种地方引起暴力事件吗，石崎？"

"对、对不起。因为三宅很得意忘形，我不知不觉就……"

"虽然我不讨厌感情上冲动的笨蛋，不过现在你就安分点吧。"

"是……"

龙园是对的。这里不只有一年级，还有高年级生和店员，以及好几台监视器。是没有死角的公共场所。

如果在这里引发事件，要被究责的显然是C班。依据证言与纪录，可以料想他们也会因此受到惩罚。

"我没事找你。我是对那边的两个人有兴趣。"

龙园这么说完，就把视线投到我和幸村身上。

"收到我的礼物了吗？"

"他到底在说什么……"

幸村当然无法理解是怎么回事。他看了另一名被指

名的我。所谓礼物无疑就是指上次他发来的那封写着
"你是谁?"的邮件吧。

"谁知道……"

我配合似的佯装不知。龙园还真是使出了强硬手段
呢。即使他来盘问，我也不可能做出自掘坟墓的行为。
就算想加深我的嫌疑，他也得不出结论。因为他不管怎
么做，都只会是灰色地带而已。

"如何，有什么让人在意的地方吗，日和?"

龙园将视线从我们身上移开，向同行的唯一一名女
生征询意见。

"难说呢。现阶段什么都说不准。"

有很多学生替龙园做事却畏惧他，不过这名叫做日
和的女生在这种情况却很冷静。她那对好像很涣散的眼
神，正交互看着我和幸村。

龙园是打算做什么，才把这名学生带来的呢?

"两人的长相都令人印象不深刻，我似乎马上就会
忘掉。"

"呵呵呵，别这么说。他们或许是今后会长期来往
的对象呢。"

"幸村同学……绫小路同学……高圆寺同学，还有
哪一位呢?"

"是平田哦，平田。"

"对，是平田同学。为什么长相和名字会这么难

记呢？”

　　好像就只有那里笼罩着散漫的气氛，我对石崎用敬语对她说话的这点很担心。我之前见过她，她是C班的学生。

　　“你真的只记得高圆寺呢。”

　　“那个人非常特殊，因此很容易记下来呢。”

　　看来被龙园怀疑的，好像是平田和高圆寺。只论高圆寺的话，他的行动确实让人难以理解，再加上因为能力很强，所以会被留意也是情有可原。

　　话虽如此，如果知道高圆寺不是在演戏，而是真正的天生怪人，总觉得他在近日就会被排除在龙园的目标之外。

　　“你到底想怎样啊，龙园？我们可是很忙的，有事就快点解决。”

　　三宅替我们强硬地说道。

　　“没什么。今天就只是打声招呼。我要先告诉你们，近期内我还会再来找你们。”

　　“这什么意思？”

　　龙园无视进一步询问的三宅，便带着跟班出了咖啡厅。

　　顿时笼罩寂静的店里马上就恢复了活力，回到了读书的气氛。

　　然而……

　　只有叫做日和的学生仍留在现场，一直望着我们这边。

　　我们根本无法在这种状况下专心读书，长谷部有点焦躁地说道：

　　"你想怎样？要是你在这里赖着不走，可是会很碍事。"

　　"请稍等哟。"

　　"这什么意思啊？我是在说你很碍事，给我去别的地方，懂吗？"

　　长谷部因杯子被踩扁，从刚才开始心情就很差。

　　面对态度恶劣的长谷部，日和带着有点傻气的笑容，把自己的行李放在脚边，转身走向收银台。

　　"她到底想怎样？"

　　"谁知道呢，我完全不知道这是怎么回事，而且根本就不想知道。"

　　幸村无法理解日和的行动，而暂时陷入了沉思，但他好像没有得出结论，所以就决定无视这件事。

　　"我记得她是 C 班的椎名日和呢。我见过她。"

　　只有三宅有印象，说出她的名字。

　　椎名和店员点了餐，拿着两个杯子走了回来。

　　"如果不嫌弃的话，请收下。"

　　"这是什么意思？你为什么要给我？"

　　"你不必警戒我。我也看见了刚才那一幕，错在龙园同学。身为 C 班的一分子，请允许我向你道歉。我自作主张地往里面加了砂糖。"

"你说加了……嗯……咦，真好喝。这和我刚才喝的完全一样。"

"刚才压坏的杯子里，咖啡底部沉淀了大量的砂糖，因此我想你应该是嗜甜的人。我好像没弄错，真是太好了。"

"可是啊，总觉得加入的砂糖量也相同欸……这是巧合吗？"

"我是从没融化的砂糖量反过来计算的。"

"咦咦！这种事办得到吗？"

"能够办到哟。别看我这样，我的洞察力很强呢。"

她这么说完，便分别望向我、幸村，以及三宅。

"你们正在一起开读书会，对吧。"

"总觉得这个人懒洋洋的……"

长谷部直到刚才都很生气，但她对日和这难以琢磨的性格很不知所措。

从教书的幸村看来，他不想给日和透露多余的消息，因而急忙合上所有人的笔记。

"难不成，我被你们当成间谍了吗？"

"没错。"

"我不会做那种事。毕竟平时我也会和龙园同学保持距离。"

"但龙园同学不是很亲密地叫了你的名字吗？"

"是我硬请他让我同行的。因为我对D班很有兴趣。"

他们三个无法理解日和发言的意图，因而歪了歪头。

当然，我也模仿了他们，装作无法理解。

"你们不知道吗？现在在C班是热门话题呢。D班里藏着一名身份不明的策士。那名策士好像在无人岛考试、船上考试，以及体育祭上，对D班有巨大的贡献呢。你们真的不知道吗？"

日和道出至今大部分D班学生都没发现的事实。长谷部等人的头上当然都冒出觉得不可思议的问号。

"我不太知道欸。那不是指堀北吗？"

"是啊，我也只想得到堀北同学。"

"好像不是堀北铃音同学。"

日和一口否定他们最后所得出的结论。

"绫小路同学，听说你常和堀北同学待在一起。"

"比起其他人，或许我和她待在一起的时间比较长呢。"

"毕竟你坐她隔壁嘛。"

"不过，应该也没有比那家伙更聪明的人才对。"

"是啊，D班的作战方式基本上都是堀北在想的。"

长谷部和三宅在很棒的时机表示同意，增加了我发言的可信度。

我没必要特别肯定或否定我经常和堀北待在一起的这件事。

如实传达 D 班学生看见的样子才是最重要的。

"原来如此。同班同学都给予那样的评价呀。"

"能别说这种莫名其妙的话来妨碍我们吗？"

面对逐渐被日和特有的气质影响的我们，幸村严厉地说道。

他好像无法忍受读书时间继续被削减。

"……对不起。因为我的错，你们的读书会被打断了对吧？"

"不好意思，就是这样。"

"没必要说到那种程度吧，小幸……"

"如果考不及格被退学，你也没怨言的话，那你就尽情地聊天吧。我可是要回去了。"

"唔，还请你高抬贵手。请教我读书。"

长谷部低下头。

"就是这样。如果想聊奇怪的话题，就请在考试之后聊吧。"

幸村半强硬地结束日和的话题，日和也感到抱歉地从椅子上站起。

"真的很抱歉。原来你们考试要是不这么拼命念书，就会有退学危险呀。"

这是对可能会考不及格的学生们的挖苦吗？

总觉得她有股天然呆的气质，但不清楚她能否信任。

"我知道了。期末考结束时再说吧，在那之后也不迟。"

日和决定乖乖回去，拿起杯子。

"咖啡谢谢了。"

"不会不会，别放在心上。那么，再见。"

经过这般接触，与龙园一同现身的日和也离开了。

我没有把握这是不是为了找出我的作战，但戒备总是有备无患。

我就先调查那家伙吧。

2

我们宿舍在一栋楼，必然会踏上同一条归途。

幸村边操作手机，边记录今天读书会的进展。

"好像很久没有这么认真学习了。上课六小时，外加放学后的两小时，对吧？就算是校外的学生们也不会这样吧？"

"虽然 C 班学生中途插足浪费了时间。"

"我们今天也没伤心，努力学习了呢。"

两人心满意足地边聊边走路。幸村听见这些话，就抬起一张生气的脸。

"你们是在开玩笑吧。如果是高三的话，放学后最少也要学习三小时以上。可以的话，通常会想学习四小时，而且是每天。考试前夕的话，则要主动学习十小时以上。"

"咦咦，不行不行。我没办法像那样读书。话说，小幸你还真了解呢。"

"我姐是老师。她考前总会理所当然地做这些事。"

"真是精英家族呢。小幸，你将来也是以老师为目标吗?"

"只是当老师而已，也不是什么精英。再说，我没有以当老师为目标。如果要以当老师为目标，我还会来这种制度与社会脱节的学校吗?"

通往教师的道路一般来想并不简单。不过，与律师或会计师相比的话，难度就没那么大了，而且特地选择这所学校应该也没什么好处吧。

外加幸村不觉得读书痛苦，也有一般人以上的学力，所以又更是如此了。

"那你为什么要来这里?"

"……这与你无关吧。你想逐一询问别人选择这所学校的理由吗? 你应该知道被人家追根究底的滋味如何吧。"

长谷部被吐槽道，但很遗憾地好像起了反作用。长谷部没表现出特别不愿意的态度，岂止如此，她还主动率先开口。

"我的话，老实说，算是被学校的广告词诱惑的那类人吧？若是毕业后升学和就业都能有保障的话，那根本就不用犹豫了吧？大部分人的动机都是那样吧？"

"我再附加一点吧。学校不收取任何费用也足以成为入学理由。再说，住宿通常都会收费，这所学校却连住宿费也不收。而且就算没点数也能正常生活，对吧？比起升学保障，这点还比较令人感激。"

"这也说得太过了吧。不过可以去心仪的大学、公司，这点相当厉害呢。"

"要谈论梦想是你们的自由，但在这之前先顺利通过期末考吧。因为长谷部所期待的待遇，如果不以 A 班毕业也没有任何意义。"

"就没有一丁点可能性吗？像是只有 A 班能有好待遇是学校的谎言，只要好好毕业，其他班级也会有如此待遇。"

"这不可能吧。如果是这样的话，消息一定会传遍在校生吧。但我就算在社团活动中也不曾听过这种事。何止这样，二、三年级的 D 班好像还相当悲惨。"

我没参加社团活动，几乎不晓得这部分的事情，但我以前曾接触过三年 D 班的学生，对方确实没有进取心。

"虽说是国家直接管理的学校，但学校并不会给除

A 班以外的班级特别权限，升学或就业时何止是正面影响，也可能会造成负面影响——如果无法升上 A 班的话。所以我必须在 A 班毕业。"

"咦……这样不就太糟糕了吗？"

如果是名门、知名学校的话，只要有"毕业"、"个人成绩"这两样，基本上就会受到很高的评价。然而，就像幸村所说的那样，高度育成高级中学就算毕业，也可能会被打上没升上 A 班的学生的烙印。这所学校有池他们这些差生就是最好的证明。总之，这里的入学条件和"偏差值"没什么关系。

大学或企业不可能不怀疑。

"小三，真亏你会继续参加读书会呢。我还以为你一定马上就会放弃。"

"你才稀奇吧。说起来，你平时都不想和男生有瓜葛吧？"

"算是吧……但我想如果是这三个人的话应该没关系。"

长谷部似乎有她自己的想法。

我心想应该正是时候，于是就决定抛出一个疑问。

"长谷部，我可以问你一个问题吗？"

"嗯？"

"你和佐藤很要好吗？"

"佐藤同学？应该并不算要好吧。说起来我也不喜欢成群结队。如果是佐藤同学的话，去问轻井泽同学会比较好吧？"

如果办得到的话，我就不用辛苦了。

对于彼此有一定复杂关系的对象，这是个很难以开口的问题。

"这又怎么了吗？"

"呃……"

我不知道该怎么说，至少我不能如实说出口。幸村好像发现我正在伤脑筋，就如此说道：

"我理解因为对方是搭档，所以会很在意的心情。要是不晓得对方擅长和不擅长的部分，会很令人不安呢。"

"啊，对欸。刚才你好像说过你们是搭档。"

"就算我想直接问，我们也太没交集了，我实在办不到。"

"请节哀顺变。"长谷部对我双手合十。

然而，她好像突然想到什么，而做出了新的提议。

"如果不好问轻井泽同学，要不要问问小梗？她和佐藤同学也很要好，对小梗的话你也问得出口吧？"

"嗯？小梗？"

对于没听过的绰号，我不知道是指谁，因而这么反问道。

"我是指小桔梗。绫小路同学，你也很常和她说话吧？"

因为是桔梗，所以叫小梗啊。虽然我本来不知道，但知道的话就可以理解了。栉田确实很胜任吧。她很了解班级的内情，如果没有与堀北之间的那件事，我可能就会毫不犹豫地拜托她了。然而，现在的状况，我不知道她是不是值得依赖的对象。

我没立刻同意她的建议，三宅便出面解围。

"先不说那个轻井泽，去问栉田应该可以吧？栉田好像和男女生都很要好。长谷部，你也是吧？"

"是啊。我讨厌很多女生，但很喜欢小梗。她为了班级毫不在乎地承担辛苦的职责，却总是很开朗。平时我不会和别人商量，但只有小梗是特别的。因为她会愿意设身处地倾听，也绝对不会四处张扬。"

"你也有那种要商量的烦恼啊。"

"唔哇，真没礼貌，小三。妙龄少女可是有各种烦恼的。"

"所谓各种烦恼是什么？"

"那就是……我怎么可能说嘛。你绝对会到处乱讲吧。"

"我才不会……但我也无法断言呢。要视内容而定。"

不可能向这种人倾吐烦恼也理所当然吧。

"如果有在意的事，和栉田商量确实是最好的吧。我也赞成。"

"对吧？虽然我不知道你是不是喜欢佐藤同学，但她绝不会泄漏出去哟。"

"什么啊，你喜欢佐藤吗，绫小路？"

"我没说过那种话。我只问了长谷部和佐藤要不要好。"

"这不是很可疑吗？你至今也并没有和佐藤同学很要好吧？"

"绫小路说过会在意佐藤是因为搭档的关系吧？你已经忘了吗？"

即使面对三宅这番话，长谷部也不作罢。

"是没错啦……但总觉得那种问法好像不只是这样呢。"

女生有时就是会装上令人无法理解的雷达。只有这点我实在是敌不过。

"啊，对了。可以顺道去一下超市吗？"

这话题因为三宅唐突的提议而自然地终止。真是得救了。

然而，对 D 班而言，栉田的存在已经重要到不可或缺的程度。

不论哪个场面，栉田都会有很强的存在感。即使如此，她也绝不会做出强烈的主张，她一直都是去负责辅助某人，并且进行舍身般的活动。这种草根运动变成成果之时，应该就是现在了吧。

在场性格有点好恶分明的成员，没有一个人说她坏话。

通常当事人不在场的时候，总能听到对其褒贬不一的评价，但是栉田的评价只有赞扬，她还真是厉害啊。

"啊，我也要。你们两个也一起去吧。"

"真像小孩欸。"

幸村这么说，但看起来也不是不愿意。

3

我们四个人站在超市外享用买来的冰淇淋。

"在稍有凉意时吃冰淇淋也很美味呢。"

长谷部用薄薄的木汤匙把一勺香草冰淇淋送入嘴里，同时这么说。

另一方面，幸村平时好像不太吃冰淇淋，而看着冰淇淋的原料。

"真是满满的防腐剂跟着色剂呢。"

"唔哇，要是在意这种事，就什么都不能吃喽。"

"我就是对食物比较讲究呢。在无人岛上搞坏身体之后，我的想法就改变了。现在我都吃榉树购物中心里的有机食品。"

"真是正经的家伙欸。"

看来幸村变成健康饮食的人了。

"说起来超市的单价很高，只要去趟购物中心，就算是同样的商品也会有几十点的差异。要不要试试有效率的购物方式？”

　　他看着长谷部除了冰淇淋之外也大量采购了日用品的购物袋，而如此指摘。

　　“难不成，小幸你是狂热节约者？”

　　“还有我一直很在意，小幸……是什么意思啊？”

　　“你是幸村同学，所以叫小幸。我要交朋友时，都是从叫绰号开始的呢。小三、小幸，还有小绫。嗯……总觉得叫小绫好像不太对劲。”

　　不知不觉间，我也被取了绰号。而且还是令人难以言喻的小绫。

　　“别叫我什么小幸，很令人难为情。”

　　“不喜欢吗？”

　　“……我没这么说，我说的是很令人难为情。”

　　“有什么关系嘛。”

　　“而且在大家面前，叫我小、小幸有点……”

　　幸村这么说并且制止她，长谷部却一脸正经地回答幸村。

　　“我是觉得这样也许不错才说出来的，而且这种关系也不错。”

　　“用绰号相称的关系吗？”

　　“哎呀，我和小三都是很独来独往的那种人对吧？”

　　“嗯……是啊，我不否定。”

　　“试着跟你们组团，结果没想到却很自在。而且小幸和小绫基本上朋友都很少呢。第二学期也过半了，我想通过这个读书会组成新的一团。所以，我的意思也不是要重返那段时光，但为了尽快打成一片，我想以绰号或名字来叫你们。你们两个觉得怎么样？"

她这么提议。幸村和我都无法回答，三宅接着说下去：

"是啊。我自己都觉得惊讶，我觉得很自然地融入这一团。我和须藤他们合不来。平田感觉又有点像是属于不同世界的人，他基本上都是被女生簇拥。"

"是吧是吧？你们两个觉得如何？"

长谷部和三宅都对这四个人组成一团的这件事持肯定意见。幸村会回绝吗？

"我原本只是为了教你们读书才和你们待在一起。这件事结束的话，这团也就结束了。但……考试不会就这么结束了。第三学期当然就不用说，考试将持续到毕业为止。既然这样……就算是为了提高效率，要我同意也是没关系。"

"什么嘛，真难懂。不过……谢谢你。"

"哼……哼，这是为了不让退学学生出现，降低班级评价。"

"接着就只剩小绫了呢。啊，但因为你和堀北同学一团，所以会很勉强吗？而且你也常和池同学或山内同学他们一起玩呢。"

"我不会对同学分优劣，但起码他们和我性格有点不同，很多方面都合不来。如果是你们的话，我一点也不会觉得勉强自己。老实说我感觉很轻松。我和堀北只是同桌而已，我们并不是一团。"

这是我的真心话。

"这样啊。那就这么决定喽。今后我们就是绫小路组，请多指教。"

"等等，为什么我是中心啊？"

"毕竟让我们联系在一起的是你，没问题吧？"

三宅也赞同长谷部的意见。那幸村如何呢？

"我没异议。要是被你们擅自对别人报上自己是幸村组，我也很困扰呢。"

轻易地就被他认可了。

"还有，在这团体开始活动之际，有件事情。今后我们就禁止用死板的名字吧。"

"要禁止随你，但我没办法叫出小、小三……小、小绫之类的。这让人很害羞。倒不如说会很像笨蛋吧。"

幸村和我叫他"小三"的话，确实很有突兀感。

他能代我否决，真是帮了大忙。

"那么，至少要叫名字。顺带一提，我叫波瑠加，你们想怎么叫就怎么叫哟。小三的名字叫什么来着？"

"明人。"

这样就能叫了吧？长谷部露出得意的表情。

"明人啊。嗯，这样还算可以。绫小路叫清隆，对吧。"

我们在同一房间住过，因此幸村好像记住了我的名字。

"我记得幸村你的名字是辉彦吧。"

我回想起船上考试时的事。接着，幸村的表情不知为何忽然变得阴郁。

"……你记得啊。"

与其说感动，幸村反而露出伤脑筋的表情。

"咦……小幸叫辉彦呀。我来想个别的绰号好了。"

"别这样！"

幸村用强烈语气制止，长谷部显得有点畏缩。

"怎么了？"

我询问态度明显转变的幸村，他便回以意想不到的话。

"我答应会用名字叫你们，但能请你们别叫我辉彦吗？"

他这么提议。

"也就是说，你可以叫别人，但你不喜欢被别人叫吗？"

"我并不是讨厌你们。只不过，我很讨厌自己的那个名字。因为至今都没有人叫过我名字，所以我都不太在意，可是情况不一样了。"

"这又不是时下的那种奇特名字，应该很普通吧？"

三宅会觉得不可思议也是理所当然。

辉彦这名字确实很普通。

我不觉得这是那种会特地讨厌的名字。

"也就是有什么特殊理由吗？"

"……嗯。辉彦这名字是我母亲取的。她是在我小时候就丢下我和姐姐、父亲离去的卑鄙之人，所以我一直都没办法接受。"

长谷部和三宅得知比想象中还更沉重的理由，表情就僵住了。

幸村察觉这点，好像就立刻决定要结束话题。

"抱歉，我说了多余的话呢。"

"不会，我才抱歉。是我擅自用绰号或名字叫你们。"

"这不是需要道歉的事。你不知道我的情况，这也理所当然。一般来想，也没什么人会不喜欢自己的名字吧。就我的立场来说，可以的话也不想破坏气氛。所以如果方便的话，今后我希望你们叫我启诚。这也是我从小就在使用的名字。"

"启诚？意思是小幸有两个名字吗？好像非常复杂欸。"

"启诚这名字不是随便想的，而是父亲替我取的名字。从母亲离家的那天起，我就会这么自报姓名。假如你们不能接受的话，那我希望你们就像至今为止那样叫我幸村。"

既然幸村这么决定，我们也无法继续追究。

再说，其实意外地有不少人拥有两个名字。

不只是艺人，一般人之中也相当多。

"使用讨厌的叫法也不是我的本意，这也没什么关系吧？"

"是啊，那就再次请你多多指教喽，启诚。"

就像长谷部说的那样，我们决定用他另一个名字称呼他。

"抱歉啊，说了任性的话……清隆、明人，还有波瑠加。"

大家再次被幸村以名字称呼。

"没关系啦、没关系啦。人多少都会有苦衷嘛。"

没错。就像我也有不想揭露、不想给人知道的过去，幸村……不，启诚也只是有他背负的过去而已。

我也效法启诚出声试着叫了名字。

"明人、启诚……还有波瑠加，对吧。我也记住了。"

直呼女生名字会比叫男生的还更加紧张呢。

"话说回来，清隆啊……"

波瑠加好像又在意起我的名字了。

"应该不要叫小绫，而要叫小清吗？嗯，这种也比较适合，那就确定喽。小幸也要一起这么叫他吗？"

唔哇，总觉得被取了比小绫还更加令人害羞的绰号。

想到今后会在众人面前被这么称呼，总觉得好像都快起鸡皮疙瘩了。

"我不叫。当然要叫清隆啊，那很让人不好意思欸。"

先不论害羞的程度，最后我们很恰当地决定了彼此要互称的名字。

我原本就找不到主动叫对方的时机，但若是这趋势感觉就行得通。

我回过头。正因为现在气氛很好，我便面向了身后的一股气息。

你只这样默默听着就好了吗，佐仓？

每次我们集合开读书会，佐仓就会在后头跟着。

今天的咖啡厅也是。而且，她现在也在稍远处窥伺我们的情况。

她也并不是听得见我们所有声音吧，但应该勉强传得过去才对。

团体快组成的这个瞬间就是最后机会了吧。

假如她无法在此插入……

"那么，大家也掌握清楚名字了，那就再来一次。我们四个人是一团，所以……"

"那、那、那个！"

砰。旁边的垃圾桶发出声响。一名学生同时站了起来。

事到如今当然不用说，那个人就是佐仓。她态度紧张僵硬地走出，并以机器人般的动作走到我们身旁。

"佐仓？"

他们三个人几乎同时叫出她的名字。

"也……也……也让我加入绫小路同学的小组吧！"

长时间不敢露面并苦恼着的佐仓，挤出她不断累积的勇气，接着说出了这句话。

她因为紧张而满脸通红。不知道是因为视线没有聚焦，还是慌张的关系，她没发现自己眼镜歪掉的位置很滑稽。

"你想加入小组是因为担心考不及格吗？考虑到佐仓的分数与搭档，确实也不是不能理解会陷入不安的心情呢。"

启诚故作冷静地分析佐仓的到来，接着得出结论。

"就我的立场来说，我想你应该参加堀北他们的小组。我没有能耐教这么多人。再说，你和这两个人不同，要教的部分应该也会有所不同呢。"

佐仓鼓起勇气说出的话，很遗憾地被启诚冷静地应对所驳回。

"不、不是的……我纯粹是想加入绫小路同学的团体！"

旅行时不会在乎丢脸，出发的列车不会停下来。佐仓不会因为一点小事就畏惧。她再次表达了想法。

"就算佐仓加入也没关系吧？毕竟似乎会合得来。"

明人这么说，欢迎意想不到的访客。

"这样好吗？这么轻易就让人加入。"

"就算增加一个人也没什么不同吧？再说，要加入这团应该不用什么资格才对。我们都是离群者，我认为刚刚好。不对吗？"

"都是离群者啊。或许如此呢。"

佐仓在D班中也常常独自一人，是众所皆知的事实。

"启诚，你也没问题吗？"

"我没理由反对，但别再增加人数了。因为对方是佐仓才容易接受，要是吵闹的家伙要加入，我可就要退出了。"

"谢、谢谢你们，三宅同学……幸村同学……"

尽管附了一些条件，但启诚也答应了。剩下的是波瑠加。

波瑠加给人印象是感觉最容易接纳他人的，可是她的表情却不带笑容。

"抱歉啊，佐仓同学。这样下去我可无法认可呢。"

"啊哇……我、我……不行……吗……"

波瑠加像在对难得的欢迎气氛泼冷水地露出严厉表

情，逼近佐仓。

"我呀，该说是对这团相当期待吗？我久违地有能够友好相处的预感。所以……"

她把食指高高地指向天空后，便将那只手指举在佐仓眼前。

"既然想参加这一团，就必须用名字或绰号叫人。也就是说佐仓同学要改成……呃……她的名字叫什么来着？"

"爱里。"

我迅速地补充。

"大家会叫你爱里，而且也会请你叫其他成员的名字。没问题吗？"

大家都隐约理解佐仓不擅长处理人际关系，正因如此才会有这项提议。

"你受得了吗？"她确认了这点。

"呃、呃……"

我决定尽量帮不知所措的佐仓圆场。要是在这里贸然被波瑠加强求用绰号叫人，难度就会提升。

"启诚、明人，还有波瑠加。"

我试着依次说明幸村、三宅，与长谷部的名字。

"……启、启诚同学、明人同学，还有波瑠加同学……哈呜！"

她拼命挤出感觉很沙哑的声音叫了名字。

"应该没必要舍掉称谓吧?"

"是啊,只要是名字就及格了吧。来,还剩下小清呢。"

佐仓迅速转头看向我,脸红得很明显。在人生中突然就要叫三个人的名字,我懂她的心情。

"小、小七!"

佐仓嘴里发出谜样的声音。

"你好像以前就和小清蛮亲近的,这应该绰绰有余吧?"

波瑠加追击似的说道。她简直就像面试官。

"叫清隆就可以了。"

再怎么说叫小清难度也太高了。就算在心里说也很丢脸。

"清、清、清……噗哟!"

所有人都注视着佐仓的举动,因此就算她不愿意,压力也会逐渐提升。

这是随着时间经过,就越会陷入恶性循环的套路。

"我不知道这一团会带给你怎样的影响,但至少我觉得这对现在的你是必要的。你已经大大踏出一步,再迈出一步也不可怕。"

我就像在推她一把地温柔说道。

"……嗯……清、清隆同学。请多多指教。"

在下定决心的短暂沉默后,佐仓便好好地望着我的眼睛，并且这么说。

"嗯，及格了。我也赞成爱里加入。"

这样佐仓的加入就被全场一致认可了。

"小清，你也好好试着叫爱里的名字。"

"呃……爱里。"

"是、是!"

虽然很紧张僵硬，不过我们彼此都成功用名字互称了。

"那么，就再来一次。我们这五个人就是小清组了，还请多指教。"

不管谁加入，以我为主体的团名似乎还是没有改变。

4

以这种形式成立的绫小路组（虽然自己讲会勾起非常强烈的羞耻心）爱里也正式加入，开始活动。原本是为了支持波瑠加和明人才开始活动，范围却一点一点开始扩展。波瑠加就像在间接带领团体似的建了群。大家没待在一起的时候，在群里聊天的机会显著增加。正因为我们没有很多朋友，在群里聊得很起劲，我们也常独自待在房间，所以也聊得很久。

　　明天放学后，我们所有人要不要换换心情，一起去看场电影？

聊天室里抛来这样的话题。

难不成，你是指那部新电影？

对对对，听说明天开始上映。现在是考试期间，所以位子意外地能顺利预约呢。

以放松为目的来说是不错的提议。所有人——意思是我也必须参加吗？

小幸不参加当然就没意义啦，毕竟这团也才刚起步。但我是突然问的，如果行程无法配合，就安排到考试之后吧。

只要缺一个人，她好像就打算延后行程。

明人还没显示已读，但如果他看见的话，大概就会顺势答应了吧。启诚和爱里都保留答复，现在我应该率先表态吗？

虽然我有点紧张，但还是打出一行字。

我要参加。

我如此发出，几秒后，爱里也发来消息。

我也想去。

……我知道了。如果明人去的话，我也去。

这样除了未读的明人，所有人都表明要参加了。明人几分钟后好像也发现了群消息，他马上就回复了。

好啊，我也对那部电影很好奇。可以交给你订位吗？
嗯，我之后会找你们要点数，还请多指教哟。

群聊结束。因为要提前订位，她大概把画面切到那边的操作了吧。

真期待电影呢。

爱里单独给我发来消息。

是啊。
明天也请多多关照哟，清隆同学。晚安。

爱里特地慎重地向我道了晚安。我结束与她的对话。
"明天是一团去看电影啊。"
总觉得，我大概正在逐渐变成真正的人生赢家。
"……为了不迟到，我得早点睡呢。"

电话在这时响起。

看见屏幕显示堀北铃音的名字，我就接起了电话。

"看来你好像醒着呢。"

"毕竟才十点。有什么事吗？"

"图书馆的读书会差不多要进入最后阶段了。另外，明天读书会之后，我想进行针对期末考的最后讨论。你能陪我吗？如果也能替我叫上幸村同学，我就省事了。"

"明天啊……"

"有什么问题吗？"

我们已经定好读书会后要去看电影了啊。

"如果不方便的话，后天也可以，但星期四是最后期限。题目几乎都出好了，但根据情况，应该也可能更换内容。"

她好像想尽早决定。

就我的立场而言，我也不想对这份期待置之不理。她大概和平田他们审慎商量过了，不过她应该到最后一刻为止都想好好确认吧。

"我知道了。我会和启诚说说看，时间晚一点也没关系吗？还有，如果需要联络平田或轻井泽的话，我会先去联络。"

"启诚？你和幸村同学似乎变得很要好了呢。那边你不必操心，我已经讲好了。剩下的就只有确认日期与时间。"

看来不只我，堀北似乎也通过读书会成功缩短和他们两人之间的距离。起码她一个人也可以和平田他们对话，这是件非常令人高兴的事。

我挂掉电话，手机又收到了消息。今天事情真的是接踵而来。

这次不是爱里，而是来自轻井泽。

　　我照你说的确认过了。听说今天有一个女生去问有没有看到长谷部同学加在咖啡里的砂糖量。因为那女生凑巧加入了相当多的量，所以店员好像才会注意到呢。

果然是这么回事啊。

与其说洞察力强，不如说是很机灵。日和为了动摇我们，而来夸耀自己的眼力。

机会正好。我就先告诉她那件事吧。

　　我想明天堀北会联络你，我们要在晚上八点左右开始讨论。

晚上八点？还真晚欸。

因为我有些安排。读书会之后我要去看电影。

电影？难道是那部新作品？

你真清楚欸。比起这些，那场讨论会上我也有事要拜托你。

我对轻井泽做出详细指示。
因为我不可能错过明天讨论会的机会。
轻井泽听完后，便传来了感到厌烦的消息。

这岂不又是超麻烦的差事吗？目的是什么？
结束后再说明。这样对你比较好。
这样啊，那明天见喽。

轻井泽马上就放弃追究。但在这之后，我又立刻收到一条消息。
那不是文字，而是小小的动画表情。
可爱的草莓圆蛋糕上插着几根蜡烛。

我发现得太晚了。

在这之后轻井泽就没有联络了。
"那家伙发现我的生日了吗？但她是怎么发现的？"
我不记得和别人说过自己的生日。虽然我这么想，但也马上发现了真相。利用聊天软件时，除了名字或邮箱，也要输入出生年月日。我没设置不公开，因此只要想查就查得到。

这是我以为今年绝对不可能发生的事。没想到最先发现我生日的会是轻井泽。

与轻井泽的对话结束后，内容都要全部删除。

我有点抗拒删掉她的生日祝福。

我顺势查看轻井泽的个人资料，于是知道她的生日是三月八日。

"我就暂且记下来吧。"

5

今天的课感觉意外的漫长。

说不定是因为我越来越期待放学后在伙伴之间开读书会。

我和幸村他们一起前往了电影院。

"总觉得，团体行动真令人内心雀跃呢……清、清隆同学。"

虽然爱里克制着自己激动的心情，但她的语调还是透露着一丝兴奋。

尽管心想她天真无邪得像个小孩，但我也有着同样的心情。

该怎么说呢？我也像个小孩呢。

"是啊，不会令人不快。"

"欸……清隆同学。"

"怎么了？"

"咦，你是指什么？"

"你叫了我的名字吧？"

"……我、我叫了吗？对、对不起，事情完全不是这样的！"

我不觉得自己听错了，爱里却否定叫我名字的这件事。

我们踏入榉树购物中心，便立刻前往电影院。

波瑠加把电影票依次递给每个人。

"真期待呢！"

"绫小路同学！"

远处传来了呐喊声。是佐藤麻耶。为何她会在这里……

"难不成你正要去看电影吗？啊，是很红的那部！"

她看见我手上拿的电影票兴奋地说道。

"其实我也是来看电影的呢，轻井泽她们也在哟。"

"……确实呢。"

数名女生从佐藤身后成群靠过来。

"你是被轻井泽邀请的吗？"

"不是。我在读书会上说要去看电影，轻井泽同学就说她也想去，所以才会一起来。机会难得，我们就一起看吧。"

佐藤这么说完，就用双手使劲抓住我的手臂。

"哇！"

爱里在身后发出类似惨叫的声音。

"喂，别这样。"

"咦，为什么？有什么关系。"

佐藤若无其事地说，但是脸有点红。

"真巧呀。幸村同学还有绫小路同学，而且长谷部同学、佐仓同学也在。"

轻井泽态度有点高高在上地如此攀谈。

这完全不是巧合，我昨天才刚告诉她，我要去看电影。不过，我没猜到轻井泽会跟过来。

"……真是令人讨厌的巧合呢。进去吧。"

启诚一副气愤的模样，独自先出示电影票，走了进去。

"那我也进去了……"

我与佐藤拉开距离，也跟上了启诚。

电影院里坐满了学生。爆米花与热狗面包的香味刺激着我的鼻腔。

我们预约了最后一排，从右数的五张座位。

佐藤和轻井泽她们好像还在商店烦恼要买什么，还没进来。

"那个，清、清隆同学。"

我刚坐下，邻座的爱里就对我轻声说起悄悄话。其他学生们也正在愉快聊天，我觉得她不用这么小声也没关系。

"怎么了?"

"清隆同学……那个，你和佐藤同学，最近很要好，对吧?"

如果看见刚才那一幕，会这么想也是理所当然。

然而，如果我现在不否认的话，谣言传开就糟糕了。

"这是误会。我和佐藤这次考试被分到了一组，所以时不时一起学习。"

"但、但一般是不会勾手臂的呢。"

"我只是被她勾住而已，并不是我主动的。"

"我想如果你不喜欢的话，也可以甩开……"

虽然很没底气，但爱里也精准地吐槽道。或许确实如此。

我不知不觉就随波逐流，变得很被动，但周围因而产生误解就不妙了呢。

"我知道了。虽然我不认为会有下次，但我会注意的。"

"而、而且呀……"

还有什么事吗?

"在决定搭档前，你也和佐藤同学单独出去了，对吧?"

这么说来，我被佐藤叫出去时，爱里好像也在教室。

"像是你、你们两人之间，有什么亲密关系，之类的……"

“没有。”

说没有或许算在说谎，但我顶多只是被问联络方式。

我和爱里也交换了联络方式，这应该不算是亏心事吧。

“你无法接受吗？”

“没、没有。抱、抱歉呀，尽是问些奇怪的事……你应该很不愉快吧？”

“没这回事。如果你还有在意的事，随时告诉我。”

“交、交给我吧。我会，好好观察，清隆同学你的！”

不，被你这么鼓足干劲观察，我也很伤脑筋……

我也不忍心否定微微做出胜利手势的爱里，于是就把话给吞了下去。

之后也没发生什么特别的事件，我便静静地观赏了电影。

但有一点我要先说一下——电影内容有点奇怪。

6

榉树购物中心里各式商业设施都有。大多数都是超市这种平时会利用到的店，但其中也有许多只有偶尔才会利用的店铺。例如，能解决电力、煤气、自来水问题的店，或者能把超市食材送到宿舍的上门服务吧，而干洗店也是其中之一。如果是上班族等社会人士，应该就会经常光顾这种店，但干洗店和这所学校的学生没什么关系。然而，像西装外套弄得非常脏的时候，或是凭我们自己无法完全洗干净的衣服时，我们还是会光顾的。

现在是星期四晚上八点多，下周就要考试了。校内的店差不多也都关门了，D班成员集合的地方是卡拉OK包厢。如果在这里讨论的话，也不用担心消息会泄漏。平田他们第二批次的学生，今天也特意参加了。

堀北和平田迅速展开行动。最开始时的那群人加上启诚，都出席了最后的讨论会。

本来在一个人的房间举行最好，但有人不太愿意。

"欸，我可以唱歌吗？"

"等一下，轻井泽同学。今天可不是来玩的。"

"难得来卡拉OK欸。"

"是你说无论如何都不愿在宿舍，所以才决定来这里吧？"

因为咖啡厅或学生餐厅里，说不定会有其他班的耳目。

"是没错啦。该怎么说呢？来卡拉OK又不唱歌，不是有点蠢吗？"

"你就靠饮料和食物忍忍吧。"

轻井泽已经利落地点完餐了。桌上放着以薯条为主的垃圾食物，以及每人各自的饮料。

"那等作战会议结束，我们一起来对唱吧，洋介同学。"

"是啊，如果讨论顺利进行的话，稍微放松下应该也不错。"

"赞成！我也很久没在卡拉OK唱歌了呢。"

就像在寻找折中方案似的，平田和栉田分别征得了堀北和轻井泽的同意。

"……我要开始了。"

堀北干脆地无视他们，开始了讨论。

"首先是读书会的成果，老实说我认为成果极佳呢。一开始男生们都很胡来，但幸亏他们后来好好读书了，应该能在一定程度上应对期末考了。"

"我读到嘴里都快冒出英文单词了。"

须藤以自己的方式彰显自己好好读书了，但这真是难懂至极的形容。

"须藤同学与一开始相比也显著成长了，尤其在专注力的提升上令人耳目一新。但你目前还在临阵磨枪的阶段，别忘记你的基础比初一生还差。"

"读成这样才初一程度啊……"

"你之前还只能算是小学低年级程度，所以算是有很大进步了。"

"堀、堀北同学，这再怎么说好像也说得太过火了……"

"他到不久前可是连圆周率都不知道呢。"

这可是相当大的爆料。没想到他活到今天居然连圆周率都不知道。

"咦咦？这也太笨了吧！"

甚至连不擅长读书的轻井泽都做出夸张反应。

"吵死啦，轻井泽。你不是也不知道吗？"

"不不不，这怎么可能啊。就算是我，至少也知道是 3.14。"

卡拉 OK 包厢里聊着这种低水平的话题。听的人头应该都痛起来了吧。

"不要再说了。我大致上知道你们的学习水平了。真的没问题吗，堀北？"

"你不用担心。就像我说的，他们的基础很差。不过如果缩小到高一生第二学期的范围，他们大致上都理解了，绝对不会考不及格。幸村同学，你那组才是，长谷部同学和三宅同学的问题都已经解决了吗？"

"当然。绫小路应该最清楚了，对吧？"

"我认为那是最佳的方式了，他们也没有不及格的担忧。"

"太好了。我不希望 D 班少一个人，我们大家要一起毕业哟。"

"……我在想，真的没问题吗？"

轻井泽听到栉田的想法后，便说出这样让人不安的发言。

"我也不希望有人退学，但这是每年都有人会退学的考试吧？没有百分之百的保证我或须藤同学就不会考不及格吧？"

"……那个，虽然确实没有百分之百的保证……"

"既然这样，你就别说得那么轻松。"

原本有点轻松的气氛，逐渐转为紧张。

"栉田同学，我总觉得啊，你从刚才就一直在讲漂亮话欸。"

"是吗？我只是希望大家都能及格……"

"聪明的人真好呢。你明明连我到底能否及格都不知道。"

"轻井泽同学，你肯定没问题。毕竟你一直都认真好参加读书会。"

就算平田圆场，轻井泽好像还是无法认同。

"我之前就想说了。栉田同学，你是不是在装乖孩子啊？"

"咦……没、没有啊。"

"你能冷静下来吗，轻井泽同学？我们现在正在进行针对考试的讨论。别用不相关的话题占用时间。"

"堀北同学，你安静一下。欸，栉田同学。难道你一直因为我成绩不好在心里瞧不起我吗？"

"我才不会呢。"

"既然这样就别随便说大家一起毕业这种话。我每次考试可都觉得很辛苦。要是我因此考不及格而被退学，你能负起责任吗？"

这也太不讲理了。面对令人费解的愤怒，不只是栉田，周围的人也感到不知所措。

轻井泽单方面对无辜的栉田发火。

她随后伸手拿起几乎没碰过，并装有葡萄汁的玻璃杯，对栉田狠狠泼过去。含有着色剂的果汁溅到了栉田的西装外套上。

"轻井泽同学！"

面对这难以置信的行为，平田罕见地放声大吼，并抓住了她握着杯子的手。

"刚才的事可不能做。我认为有些事能做，但有事是不能做的。"

"可、可是……难道是我做错了吗？"

"很抱歉，刚才的事是你错了呢，轻井泽同学。栉田同学没有任何不对。"

这是就连与栉田处于冷战状态的堀北都无法袒护的行为。

"我没事哟。我完全不介意。别责怪轻井泽同学。"

"这不行吧。怎么想都是轻井泽不好。"

启诚也直言不讳，客观地判断。轻井泽会与在场所有人为敌也是理所当然。在任何人看来，错都在轻井泽。但她的行为并不突兀。轻井泽惠本来就是这种少女。

"是吗？这样啊。就只有我是坏人。是啊，毕竟栉田同学是班上的红人嘛。"

在场除了我以外的人，都已经做出了判断。

轻井泽就像在对剩下的我求助似的把脸朝向我。

"欸，绫小路同学，你站在哪边？"

"什么站在哪边，大家没说错，错的人是你。"

"这样啊。我就知道是这样。所有人都是我的敌人。"

轻井泽站起来，一句道歉的话也没说就拿起背包。

"轻井泽同学，要是今天你就这样走了，你绝对会后悔。我也不希望事情变成那样。"

平田强硬地挽留打算离开卡拉OK包厢的轻井泽。

"什么嘛。不然我要怎么做才好？"

"首先是和栉田同学道歉。这才是最重要的。"

轻井泽被男朋友说服，即使不甘心，但还是停下了脚步。

"不觉得自己不对，却不得不道歉吗？"

"你要先说出来。"

接着，轻井泽又沉默地伫立在原地。

"……抱歉。"

轻井泽在一阵沉默后，像被平田教诲般地屈服并道歉。

"一点也没关系哟。我想我也应该做出更体谅你的发言才是。"

在这就算生气也不奇怪的状况下，栉田一点也不生气，并原谅了轻井泽。

听见这句话，轻井泽好像也终于感受到罪恶感了吧，她回到平田身旁重新坐下。

"我好像不太冷静，抱歉。"

轻井泽再次向栉田道歉。栉田笑容以对，要她别放在心上。

"谢谢……"

平田看见两个人的模样，松了口气。

不过，这样并不是就可以让一切都解决。

"栉田同学，你有明天可以穿去学校的备用西装外套吗？没问题吗？"

"我之前有一件不能穿了，只剩下这件了呢……"

学校原本发了两件西装外套。但有时也会发生像这次这种不幸的事情，而且随着身体成长，尺寸也会有所改变。届时，如果需要的话，我们也能在榉树购物中心专门处理制服的商店购买，但为了配合学生个人需求，大概也会需要一定程度的缝制时间吧，点数也绝对不便宜。

"不是有干洗店吗？我会把在社团活动上弄脏的衣服拿去洗。今天给他们，明天一早去拿应该来得及吧。"

"平时很少去，所以我不知道呢。这样似乎没问题了呢。"

她接受须藤的建议，找到了解决问题的办法。

轻井泽好像想到自己也有能够办到的事，因此做出一项提议。

"我来出干洗费吧。就当我向你赔罪。"

"不用啦，你不用介意。"

"但这样我无法安心……不行吗？"

"真的可以吗？"

"嗯，全都是我的错，所以这点事就让我做吧。"

于是，这个事件便由轻井泽出干洗费而解决了。

7

结束这曲折的讨论会，回宿舍的途中，我发现喷水池旁伫立着一名高大的男子。

看起来不像是要和别人碰面，因此我便试着对那个男人——葛城搭话。

"你在干吗？"

"是绫小路啊。不，我在想事情。关于下星期的期末考。"

"关于期末考？在这种地方想？"

"我只是想一个人安静地待着。"

实在不像是高一生会有的想法。

话说回来，期末考吗？我不认为这值得学力高的 A 班苦恼。

"你感觉这次期末考会顺利进行吗?"

他问道，于是我决定说出真实的看法。

"不知道。虽然大家都很拼命地复习。"

"这样啊。只要别出现退学者就好了呢。"

我在他这种担心别人的模样中实在感受不到霸气。

"发生什么事了吗?"

我这么问，葛城有点沉重地开口道:

"……你初中时担任过班长或学生会的职位吗?"

"不，完全没有。毕竟也没兴趣。"

"我从小学起就一直当班长并隶属学生会。无论小学或初中都担任了学生会会长直到毕业。但是，进这所学校之后，却发生了变化。"

"这么说来，你没加入学生会。"

"虽然很想加入，但我无法让堀北学生会会长认可呢。"

这件事与期末考没有任何联系。

"学生会或班长乍看之下没有任何权力。大部分学生会认为那种东西没价值，而且只会觉得很费事，所以想担任的人非常少。"

和我的想法一样。

"不过，那些职位会被赋予'权利'。也就是说，干部与非干部者之间存在着无法填补的差距。我则是失去了那种权利。"

"你在 A 班应该有一定的评价吧。"

"如果是这样，我就绝对不会把 B 班当对手。"

我想也是。如果是葛城的话，他应该会瞄准 D 班或 C 班。

他应该会选择扎实防守、确保获胜的道路才对。

"这样没关系吗？说出自己班上的内情。"

"这点事只要稍微分析就会知道。"

"你也不必过于承担吧。就我来看你好像在引领着 A 班，但一切应该不只如此吧。无论如何照现在这样下去的话 A 班很安定，毕竟重要的是维持现在的位置吧。"

"……是啊。呵，没想到我居然会被 D 班的你劝说。"

"正因为我们两班的距离远得无法追上，或许才能看得更客观吧。"

我们两个回到宿舍，大厅里人山人海。

"还真吵呢，发生了什么吗？"

"谁知道。要问问看吗？"

附近有我认识的面孔——博士，于是我试着搭话。

"怎么了啊？"

"是绫小路殿下啊。一年级所有人的信箱似乎都收到了相同的信件是也。"

"相同的信件？"

我穿越人群，转动自己信箱的数字锁。信箱平时不太会使用到，但在网购、学校寄通知、学生之间的交易上偶尔也会使用。

其他学生好像也很感兴趣，而在后方窥伺我打开的信箱。

我输入密码打开信箱。

接着拿出"被折成四折的纸"，回到外村身边。

"是这个吗？"

"是的。"

葛城过了一会儿也拿了同样的纸回来。

葛城打开信件，与此同时我也翻开了那张纸。

上面写着：

> 一年 B 班，一之濑帆波有违规搜集点数的可能性。龙园翔。

外村像在说他也收到了一样的信件，而打开让我看。

葛城读完后嘟哝道：

"那个男人连自己的名字都写上了是想怎么样啊。如果这毫无根据的话，他应该也有可能被控诉吧。"

"意思是这多少有点真实性，所以他才会这么做吗？"

"如果不是这样，这就是很糟的计策。但这很像是他的作风。先不论真实与否，但如果让人觉得有违规的可能性，他应该就会占上风吧。原本也可能会因为诽谤而受惩罚，但那家伙却一点也不在意。"

如果是谎言的话，龙园的形象也有大大受损之虞，但龙园原本就名声不佳，从他来看这根本不痛不痒。

"喂，龙园回来了！"

一名学生发现龙园从学校回来的身影。

龙园进了大厅，不晓得他知不知道已经造成了骚动。

"喂，龙园。你到底想怎样啊！"

他一进大厅，B班男学生就以要上前揪住他的气势逼问道。

"啊？突然间是怎么啦？"

"我是指这封信！你居然寄了这种胡闹的东西！"

他这么说完，就把信摆在他眼前。龙园看了眼信件，就耸肩笑了笑。

"哦，这个啊。很有趣吧？"

"哪里有趣！有些事能做，但有些事是不能做的吧！"

"不然你就证明啊。证明一之濑没有违规搜集点数。"

"这……"

"怎么样啊，一之濑？"

面对听见骚动而赶来的一之濑，龙园拿着信件如此问道。

"现在不管我在这里说什么，龙园同学大概都不会相信吧？"

"嗯，因为有没有违规是由学校判断的呢。"

"是啊。各位，抱歉呀，我好像遭到奇怪的怀疑了。但是放心吧，明天我会向老师报告，证明是龙园同学弄错了。"

一之濑以光明正大的模样如此主张。

"你打算怎么证明给我看，一之濑？"

"我会和学校说明详情。说明我持有多少点数，以及是如何得到那些点数的。这么做你就满意了吧？"

"向学校报告？在那之前，你无法在此说明吗？"

"如果现在在这里说明，你就愿意相信我？"

"应该不信吧。信口开河就像呼吸那样轻松。"

"所以说啊，由学校居中调解得出的结论，你应该不会怀疑了吧。"

"呵呵，原来如此啊。这也有一番道理。"

"你听懂了吧！"周围的B班学生大呼小叫地说道。

"不过啊，所谓的人类就是骗子、肮脏的生物。你也有可能从现在起研究对策，并湮灭证据吧？"

龙园始终强硬地咬住一之濑不放。

"那男人在想什么？就算一之濑持有大量点数，她也和会违规获得的那种人相差甚远。就算在此硬争，他也没什么胜算。"

葛城好像难以理解，表情变得更加严肃。

"那我要怎么做，你才愿意相信我呢？"

"首先在此公开你持有的点数吧，接着说明得到那些点数的理由就行。隔天再和学校汇报。这样在场不信任你的学生应该也会同意吧。"

若是如此，确实就会急遽减少她之后想找借口或撒谎的机会。

然而，我不认为一之濑会这么轻易答应。

"这我办不到呢，龙园同学。"

"也就是说，你承认违规了？"

"不是那样哟。正因为我没有违规获得点数，我才无法摊牌。因为拥有多少个人点数也会大大影响今后的战略呢。"

也就是说，即使一时遭人怀疑，她也要藏着手牌。

"只要我明天向学校说明，应该就会受到调查。再加上如果我违规了的话，不论我打不打算隐藏，都会被学校公开吧？"

"不能保证你明天一定会和学校报告吧。"

"那么，也可以由龙园同学你去说哟。就像这封信上写的这样。"

"这样啊。呵呵，你似乎相当有自信呢。"

假如一之濑违规搜集了点数，应该会相当忐忑不安吧。

可是，她意志完全没有动摇。一直都堂堂正正。

"那我就期待明天喽。"

一之濑目送搭入电梯并无畏地笑着离开的龙园。

"一旦受到怀疑，只要没有彻底抹除，嫌疑就会一直留下。即使是一之濑那种优等生也不例外。嫌疑越重的话，信任就越是会一口气失去。"

葛城分析现在的状况，他的推测是正确的。

接着隔天，一之濑所说的话成了现实。校方的判断是"没有违规"。她将学校当作保证人，平安无事地消除了疑虑。

以前我偶然瞥见一之濑的个人点数轻易超过了一百万。现在应该比以前累积更多了吧。

决心的差别

许多学生在备考的日子中变得忧郁，时间也转瞬即逝。

进入十二月后，距离期末考只剩下不到三天了。明天是周六，正式考试则在周一。

老实说，期末考并不需要太操心。就 D 班来说，读书会的成果很显著。我也可以断言就连须藤他们经常考不及格的那些人，也前所未有地努力了。

问题在于其他地方。就算说问题在于龙园与栉田两人身上也不为过。他们无疑在台面下开始活动了吧。而他们会使出的招数，大致上我也都能猜到。

龙园的目的是"在总分上赢 D 班"、"弄清楚藏在堀北背后的幕后黑手"这两点。前者……换句话说，为了在总分上获胜的战术必然有限。正当方式就是全班努力学习，或者制作超高难度的题目，这两者其中之一了吧。但这个作战方式很普通，D 班也同样能使出。

我至今为止，几乎都没看见 C 班学生在一起学习的样子。他们没出现在咖啡厅或图书馆、教室等容易专注学习的地方。

是我凑巧没看见吗？还是 C 班学生在我不知道的地方努力着呢？就算他们努力学习，只要 D 班不放水，他们就会被迫打一场难分高下的仗。无论如何我都不觉得他们在进行为了取胜的战斗。

那么，这就很容易想象得到，他们是从其他视角来研究获胜战略。

"在想事情吗？"

"噢，抱歉。"

堀北从楼梯下抬头看止步的我。我急忙下楼追上她。

她手上有个很大的茶色信封。那里面塞满了这一个月她与平田等人同心协力制作的题目。算是决定 D 班命运的关键吧。

正因如此，她连题目都没有让我碰，并将其制成极为机密的档案。由于最后是由堀北编制，因此知道所有题目的就只有堀北。

"胜算如何？"

"难说。我希望你别太期待呢，毕竟校方也会进行大幅调整。但我们毫无疑问出了至今考过的考试之中最困难的题目呢。"

堀北身上隐约散发出一定程度的自信。

问题是之后要如何把这份题目保护到最后。

我们在前往教职员办公室的途中碰到一名学生。

"嗨，铃音。"

龙园在那儿无畏地笑着。手上握着和堀北一样的茶色信封。

"这是凑巧吗？还是埋伏？"

"我在等你过来。"

"看来是埋伏呢。"

堀北惊讶地叹气，打算无视龙园。

"等一下嘛，你也是踩点交题目吧？一起走吧。"

龙园这么说，就把手上的信封递到堀北面前。

"因为也不知道会不会被偷看呢。我明白你会防范的想法。"

"你别光顾着担心别人的班级呀，你们班没问题吗？"

"呵呵，可没有笨蛋会背叛我。"

"但没想到你却和我一样踩点交题目呢。"

堀北做法强硬，对挑衅还以挑衅。龙园应该觉得这样有趣到不行了吧。

他跟上我们似的迈步而出。

"要是你们这些瑕疵品挤出的智慧对我们管用就好了呢。"

堀北无视龙园似的没有停下脚步。

"绫小路同学，你好好学习了吗？我也很好奇你搭档的状况。"

"算有吧。我觉得应该可以避免不及格。"

"只是觉得可是不行的呢。因为我们不能让D班任何一名学生退学。不管我们对C班出的题目再有信心，你也别大意了呢。"

看来龙园好像不打算保持沉默，他再次回应堀北言语上的攻击。

"哦？这发言还真有趣。简直就像对我们的做法有所掌握。"

"谁知道。或许这只是粗劣的挑衅呢。就跟你一样。"

"或许如此。"

堀北一到职员办公室就叫了茶柱老师。

龙园也叫了坂上老师。先来的坂上老师沉默地从龙园手中拿走了茶色信封。

"我可以收下这份题目吧？"

"嗯，之后就麻烦老师了。"

结束简短交谈后，茶柱老师像是与坂上老师交换顺序似的出现了。

"看来你带来了呢。"

老师好像已经猜到是什么事，将视线落在茶色信封上。

好像没有特别留意在一旁的龙园。

"茶柱老师，这是我们出的最终版考卷。"

"我明白了。"

龙园带着一张毛骨悚然的笑容观望着。

堀北看见老师准备要收下茶色信封的手时，停了一下动作。

"我想请教一件事，请问您方便吗？"

"嗯。"

"这份题目与解答意味着D班的成败。我不希望题目被泄漏。就算之后有人提出想看这份题目，能请您一律拒绝吗？包含我在内，我不希望给任何人看。"

堀北吸取之前体育祭时的教训而这么说道。

我也不知道茶柱老师会不会理解这点。

"拒绝公开考题吗？"

"请问很困难吗？"

"没这种事。我能理解你害怕考题泄漏，并想要期待万无一失的想法。校方也无权拒绝这件事。不过，那当然是有条件的。"

"条件？"

"我必须知道这是否是全班的意见。全班都认可了吗？"

"没有，但我认为就算把这当作全班的意见也无妨。因为不会有任何学生希望自己班级输掉。"

"也不能这么断言吧。之前我也说过类似的话，每个人的想法其实都意外地不同。就算有学生希望输掉也不是件不可思议的事。"

"这……"

茶柱老师双手抱胸，更进一步补充道：

"你保证手上拿的题目就是班上都认可的题目吗？你并不是给所有人看过并认可后才拿过来的吧。"

"您是叫我证明吗？要我把问题传阅给所有人看，并取得他们的认可？"

"我没那么说。我的意思是凡事都没那么单纯。因为我无法判断站在这里名为堀北铃音的学生是不是为了班级在行动。话虽如此，我就答应你吧。不管是谁，我也绝不会给他看制作好的题目与解答。"

"谢谢。这样我就可以放心了。"

"不过，我必须再补充一点。以这种形式防止题目外泄，原本就不是件好事。这也是班级没有团结一致的证据。"

这确实是无法否定的事实。只要没有需要怀疑的伙伴，说起来对方就不会要求公开考题，也不会做出让题目泄漏的举止吧。虽然是我自作主张的想象，但这大概不可能发生在 B 班。

"真是刺耳的话呢。现在我正在为搞好班级关系而奔走。"

听见这句话，茶柱老师笑了笑。

"你也开始改变了呢，堀北。"

"……有些时候必须得改变呢。"

"不过应该也会有同意公开的情况吧。因此，我想请你让我再加上一点。假如经你许可之后，有人要看题目与解答的话，我就答应。这样可以吗？要是让我断言绝不给任何人看，对你来说也是种风险吧？"

总之，百分之百不公开在形式上是办不到的。

不管用怎样的手段都没关系，老师似乎想让我们预留公开的方式。

"那就按照您所说的。不过，请以我在场为前提。"

"说得也是。对方也可能说谎已经得到许可。还有，如果有人来寻求题目与解答，我会如实转达你所说过的一切。我身为老师可不能'说谎'呢。"

"麻烦您了。"

堀北对于暂且顺利谈妥松了口气。

这样确实就不会变成和体育祭同样的下场。包括栉田在内，不管谁想看题目，堀北不在场的话都办不到。应该耍不了花招。

可是，总觉得很奇怪。

我静静听着茶柱老师和堀北的对话，有一种异样的感觉。

这个疑问的答案没有立刻涌现。然而，毫无疑问事情有些蹊跷。截至目前看起来都很顺利。堀北或平田等人的努力有了回报，他们花费时间精力出好了高难度的题目。然后，堀北在将其提交给茶柱老师的同时，也采取了防止考题泄漏的对策。

假如栉田对龙园言听计从，想得到题目与答案，只要堀北不在场的话就办不到。

一切万全，宛若磐石。没有任何漏洞。

对，是这么回事啊。

虽然这段对话没有任何失误，可是从茶柱老师身上明显能感觉到异样感。

茶柱老师的眼神或动作以及态度都一如往常。

她严肃地收下题目，按规章办事。

还有龙园的态度——那种毫不焦急的态度令我挂心。

"我们回去吧，绫小路同学。事情办完了。"

我没听进这句话，而看着茶柱老师的眼睛。老师也看着我的双眼。

发现啊，堀北。趁事情还有挽回的余地……

我在龙园面前无法贸然发言，也无法做出多余的眼神交流。

如果现在离开的话，要再次回到这里，或许已经来不及了。

堀北往职员办公室反方向迈步而出，但立刻就止住了脚步。

"……茶柱老师，您刚才说过不会说谎，对吧？"

"对。身为老师，这是当然的吧。"

"那我问您，我提出的题目与解答被受理了吗？"

她察觉到了。

虽然我没对她抱有太大的期望，但堀北靠自己的力量察觉了。

“这要等确认题目是否符合学校要求以后才知道。”

“怎么了，堀北？”

我问道，然而堀北并没有理我。

“那我换一种问法。在我们拿来这份题目之前，您应该没有受理其他的题目吧？”

老师面对这项询问，停下了动作。

“这是怎么回事……”我忍不住再一次问道。

“什么怎么回事，答案只能从茶柱老师口中得到。”

“……对于你刚才的提问，我的回答只有一个。受理毫无疑问已经结束了。”

“也就是说有其他人提交了题目与解答吗？”

“对。这样的话你出的题目应该不会被采用吧。”

“请立刻取消那个受理。正确的题目在这边。”

堀北指着老师拿着的茶色信封，这么说道。

然而，通过刚才的对话，就知道事情没那么容易。

“很遗憾，堀北。我收到其他学生拿来的题目与解答，并完成了审查与受理。那个人也担心着类似的事情。说为了题目与解答不泄漏出去，希望我保守秘密。若出现擅自想替换的人，就只是收下来先保留。并希望我之后告诉她是谁来访。”

“怎么会有这种事……”

堀北当场无力地倒下。

“请问那名学生是谁？您可以告诉我，对吧？”

"是栉田桔梗。"

答案很明显。

堀北本来打算采取的"防止栉田背叛"的手段，却被对方先下手为强。正因为已经暴露了自己的另一面，栉田才会大胆地展开行动。

"受理的题目也可以变更的吧？"

"是啊。但今天是最后一天。假如你想更换题目，就要请你把栉田带过来。"

"这……"

栉田不可能老实答应。

要更改考题，就必须带着栉田拜访茶柱老师。

然而，如果从现在开始找，绝对逮不到栉田吧。她只要关掉手机电源并窝在自己房间，几乎就可以百分之百完全脱身。不，就连不在自己房间的可能性都很高吧。总之，我们没那么容易找到她。

"班级里的纠纷如果你们不在班级里解决，我可是很伤脑筋。"

"……请问到今天几点为止能更改考题呢？"

"到晚上六点。"

我看了看手机。现在是下午四点，换句话说只剩下大约两个小时。

"呵呵呵……哈哈哈！真是的，你在干吗啊，铃音！"

从头看到尾的龙园哈哈大笑。

他应该一开始就知道这情况，一直在拼命忍住笑容。

"你这不是已经死局了吗？你拼命出的题目也完全没意义呢！"

"是你教唆的吗？就是你指使栉田同学出题的，对吧？"

"我可不知道。我不可能会知道 D 班的事情吧？"

堀北对龙园明显的谎言以粗暴语气说话。

"我无法继续忍受被那个外人偷听了！"

"好可怕。我会乖乖回去的。我很期待考试结果哦。"

"你不去找栉田吗，堀北？"

"……我不喜欢白费工夫。"

就算能找到栉田，她也不可能答应。胜负已定。

"请问栉田同学有指示不给别人看题目吗？"

"不，我没有受到那项指示。"

"请让我看。"

堀北决定请茶柱老师让她看栉田提交的题目。

我看了一眼，马上就感叹道：

"真是绝妙的难度呢。"

"嗯……真的呢。"

栉田偷偷提交的题目，难度应该和堀北他们准备的题目没有太大的不同。想到龙园有牵涉其中，这很可能是金田出的题目吧。

保证不会透露栉田过去的堀北、害怕班级里内讧的平田，都不会把这件事公之于世吧。

不管难度多高，只要知道答案就没问题。

如果 C 班全班共享答案的话，就可以考出超高的分数。

尽管参加读书会并参与和堀北的赌注，她也依然暗地里采取了手段。

要是 D 班输掉的话，至今引领大家的堀北，就无可避免地会被追究责任。这既会降低她的凝聚力，也可以利用龙园把她逼入绝境。

但最重要的，就是堀北提议的打赌。

栉田和龙园勾结是确定的。可以想象她协助 C 班，相对会获得 C 班的题目与解答。

这么一来，栉田十之八九就会考到一百分吧。堀北只要失误一题，就会不得不选择主动退学的选项。

堀北不会做出将约定作废那种事。

如果败北的话，即使不愿意，她也必须退学。

"束手无策了吗?"

这样 D 班的胜利就没了。

栉田的先发制人，应该给了堀北巨大的冲击与伤害吧。

乍看之下好像无计可施，但其实并非如此。

不过，这一切都是堀北的大意所致。

换作我的话……

"差不多可以了吧，堀北。龙园离开了。"

茶柱老师对低着头的堀北说道。

这是怎么回事？

茶柱老师完全没表现出动摇，努力地保持冷静。

"抱歉。谢谢您的配合。"

堀北这么说完，就抬起头。她脸上一点也没有低落的神情。

我察觉到了。

"你只是在演戏啊。"

"嗯，我在体育祭上被打败，可不能再被类似的手段给打倒。期末考的详情公布后，我就立刻拜托了茶柱老师。就是'我拥有交题目决定权'与'希望不管任何人过来，老师都要假装受理'。"

换言之，栉田深信自己的题目得到受理了。

"他们一定深信题目变了。如果没学习的话，C班或许就会出现退学学生呢。"

没想到她居然会使出这么漂亮的反击，连在她身边的我都没猜到。

龙园也丝毫没有察觉堀北的这一计策。

"话说回来，这还真是伤脑筋呢。我没料到班里竟会有互相警戒、欺骗的情况。事情不会总是这么顺利哦，堀北。如果班里有叛徒，原本可以赢的考试都会赢不了。"

茶柱老师罕见地表现出一副担心的模样。

确实就如她所言。阻止题目提交，或是撒谎说已经受理——这种情况应该不会发生在其他班。即使是分成葛城派与坂柳派的A班，他们应该也不会做到这种地步吧。

这也表示栉田很棘手。

"我明白。不过，我也打算在这场期末考做个了结。"

我可以感受到她要结束伙伴之间互相扯后腿的意志。

"是吗？那就让我期待吧。"

堀北目送拿着茶色信封回到职员办公室里的茶柱老师，就松了口气。

"抱歉，我连你都没说。"

只剩我们两人后，她就低头向我道歉。

"没关系。老实说，我完全没发现。"

虽说我和堀北一起行动的机会减少，但我还真是小看了她。

"毕竟我都不知道被他打败了多少次，我也差不多该学乖了。"

这样不仅改变了 C 班稳赢的结果，D 班也取得了一步领先。

然而，堀北还留有严酷的考验。

"剩下的就是正式考试上分数赢过栉田同学，这样这场考试就会平安无事地结束。"

没错。如果不在分数上赢过栉田，堀北就没有未来。

为了不输给她，堀北就必须考到满分。

1

今天起，期末考就开始了。搭档两人应该考到的总分是六百九十二分。虽然比想象中还低，但也不可大意。应该可以断言在考试前半段——第一天就会决出胜负了吧。

期末考第一天是语文、英语、日本史、数学四门。决定堀北与栉田命运的科目也包含在内。

我在走廊看到了一副在等人模样的佐藤。

不知是好是坏，她等的那个人好像就是我，她一发现我的身影就靠了过来。

"早安，绫小路同学。就快考试了呢。"

"嗯，昨晚睡得好吗？"

"我一点左右才睡，但还是有点紧张。"

她这么说完，就按着胸口附近做了深呼吸。

"虽然我不能叫你放轻松，但我们尽自己全力就行。"

"嗯。"

不论形式如何，我们都是搭档。既然变得同生共死，我就无法否定我们是命运共同体这件事。佐藤搞砸，我就会被连累。我搞砸，佐藤就会被连累。

"早安，佐藤同学。"

"啊，早安，轻井泽同学。"

轻井泽看见佐藤，便上前搭话。

"难不成你是和绫小路同学约好的？真是罕见的组合呢。"

"没、没有。完全没有，我们是偶然在这里碰见……"

"这样啊。要不要一起到帕雷特买杯饮料再去教室？"

"嗯！待会儿见喽，绫小路同学！"

佐藤有点害羞地转身背对我。

轻井泽一瞬间瞥了我一眼，但马上就移开了视线。

"她们真要好呢。"

"这或许意外地是轻井泽在吃醋呢。"

"咦？"

前来搭话的人是平田。

"早安。"

"早安。刚才那是什么意思？"

"别看我这样，毕竟身为轻井泽同学的假男友和她长时间待在一起。我隐约发现她最近很在意你。"

"没那回事。"

我强行把轻井泽的寄生对象从平田转移到我身上，他会这么想也没办法。

"是吗？但就我的立场来说，她能有这些变化，我还比较开心呢。毕竟我觉得不是虚假的关系比较健全。我说了太多自作主张的话了呢。"

我们两人前往教室。

"堀北同学出的题目无疑会给 C 班带来沉重的打击。只要我们好好应考，我觉得要赢不是很困难。"

平田也充满着自信。

这次考试他好像在一定程度上看得见胜利之路。

虽然也有没料到的组合成为搭档，但大致上都如设想的一样。

"其实我有事想先告诉绫小路同学。你认识椎名日和吗？"

"她是 C 班学生，对吧？前几天见过。她出现在启诚的读书会。"

"她也来找我了哦。她好像在找堀北同学背后的人。"

"好像是这样。"

"在堀北同学背后行动的人就是你吧，绫小路同学？"

平田这句话并不是基于求知欲，而是为了进行确认。

"啊，不，我当然不会告诉其他人。毕竟你应该有自己的目的吧。毕竟D班受到帮助也是事实。"

"是啊。我会把这理解成令人感谢的忠告。"

"你不否认呢。"

"现在就算否认，你也不会相信吧。"

"这……嗯，或许如此呢。"

"我不是英雄，也完全没有隐瞒真面目。我只是不想引人注目，这就是我真正的想法，而且也是真心话。"

"但你在体育祭上第一次抛头露面，也有理由吧。但这样没关系吗？C班的小动作很活跃。如果有必要，我会在所不惜地帮你到底。"

平田的提议很令人感激，但目前没有必要。

"我会自己先想点办法。如果出现意外再麻烦你。"

"我知道了。"

我们抵达了教室，远远窥伺须藤他们的表情，明显不同于之前考前的样子。他们没有急忙背题目，而是在冷静地利用时间，做最后的确认。而且还不是一两个人，将近一半的学生都很专注。

"真是让人刮目相看呢。"

"真的。"

这竟然会是那个平日吵闹的D班，不管是谁都无法相信吧。

如果这是普通学校的话，或许就不会出现这副光景了。

"做好心理准备了吗？"

堀北没在复习，而是在看书。

"你考前在看什么啊？"

"《无人生还》。"

"阿加莎·克里斯蒂啊。或许真的会有人消失呢。"

堀北阖上书本，否定了这种黑色幽默。

"谁也不会消失。我和你都不会。"

"你一脸必胜的表情呢。"

"当然。因为我可是打算拿下年级第一呢。"

"如果其他班级学生的题目很简单，这也是很困难的哦。"

"即便如此我也会赢。这才会让人充满干劲呢。"

那我还真是期待。就让我在考试上看看你那坚定的自信吧。

2

"接下来要进行期末考。第一个科目是语文。请注意在开始信号以前禁止把考卷翻到正面。"

茶柱老师并没有让排头学生传，而是自己把考卷逐一放到每个人的桌上。

"考试时间为五十分钟。请尽量避免身体不适或是想上洗手间的状况。如果无论如何都无法忍耐，请举手向我报告。除此之外禁止中途离开教室。"

此时已经没有学生私下交谈了，大家都把视线落在考卷上。

铃声不久后响起，宣告了考试的开始。

"那么，考试开始。"

我们同时把考卷翻过来。

如果启诚押中了题目的话，那我们组考试应该没什么大问题。

我从上到下快速浏览题目，判断同学们能否解开。

从第一题开始就罗列着高难度的题目，即使如此，也不是完全无法解开的题目。其中出现相当多已经押中的刁钻题目，也有不少题目只要冷静下来就能解开。

也就是说，启诚的读书会效果很明显。

话虽如此，比起上次期中考，平均分数会下降也无可避免。如果有学生没好好学习，应该也会考十分、二十分吧。将这些纳入考量，就会希望小组配对的另一方能考到五十分以上，可以的话甚至是六十分以上。

若是班级里的优等生，肯定会考过六十分，但还是不能大意。

我邻座的堀北立刻拿起了笔，着手第一题。

堀北也投身到绝对不能输的战斗里。

我转了转笔，思索该怎么做。

与其他人相比，佐藤也很积极参加读书会。虽然很有希望能考到池或山内以上的分数，但我也必须以相应的分数回应。

这次个人成绩也不会不小心提升不及格标准，考虑到这点，我决定以六十分为基础进行考试。

比起这些，重要的是……

我抬起头。

与从讲台看着学生们的茶柱老师视线交错。

不过，我在意的不是茶柱老师。

而是坐在我前方栉田桔梗的反应。

考试明明开始了，她却没有动笔的迹象。她看了好几次题目，好像在确认什么。

她僵了两三分钟左右，然后终于开始动笔。

就这样，从第一门考试开始就持续着没空开小差、聊天的紧张气氛。

第四门考试发生了小状况。

那是在堀北和栉田要直接对决的数学考试时发生的。

"怎么会这样……"

尽管憋着声音，栉田还是忍不住出了声。

"怎么了，栉田？"

"没、没事，对不起。"

同学们一时对有点异样的栉田予以关心，但马上就开始答题了。

仔细看就会发现。

栉田很明显在动摇。

也就是说，那个男生的选项好像是"那个"啊。

堀北没因为栉田的动摇而分神，着手解起数学题目。

这是只要发挥这个月的努力成果就行的正面对决。

很简单，因此强而有力。

那么，在我烦恼之源消失之后，我也专心考试吧。

3

"……呼。"

堀北叹了口气，接着仰望教室的天花板。

"你一脸竭尽全力的表情呢。"

"我不认为学习是种痛苦。不过，这大概是我人生中学得最认真的一次。"

"你数学帮自己打几分？"

"一百分。虽然我很想这么说，但因为有一题说不清楚，所以说得保守点就是九十八分吧。里面混着相当高难度的题目呢。"

她毫不犹豫地说道。

"写错或漏写也有可能吧。有考得更低的可能性吗？"

"没有。毕竟我全力以赴了。其他三门，我也能考到将近满分。"

"真厉害……"

"我是以栉田同学会考一百分为前提来挑战这场比赛。为了不犯低级错误，我比平时更细心。但我还是有可能被扣两分，真是没出息呢。"

人都会失误。没考到她自我评分的九十八分也有可能吧。

因为金田出的题目难度绝对不低。

连启诚也不晓得会不会考过九十分。

但我大概也没办法这么有自信回答吧。

如果她真的考到了九十八分，就毋庸置疑地能在班上拿下第一。

尽管帮众多人补习，堀北依然完全靠自己的干劲与毅力熬了过来。

"铃音，我有事想提前告诉你，要不要一起回去？"

考试结束后，须藤好像很没精神地拿着背包走了过来。

"抱歉，能请你在这里说吗？"

"今天的考试，我所有科目都没有把握能拿到四十分。我想向你道歉。对不起。"

看来他打算约堀北在回家路上谢罪。须藤诚恳地道了歉。

"这不怪你。毕竟考试的难度无法预测。如果是今天的考试难度，你已经做得很好了。"

这次考试比平常难度高，分数往下掉也是无可避免的。

"我有点事，所以你和朋友一起回去吧。"

"你也要留下来啊，绫小路。你们两个人莫非要一起回去？"

他对我露出怀疑眼神。

"和他没有关系，我是和栉田同学有约。有什么问题吗？"

"和栉田？那就没办法了呢。"

须藤知道堀北约的对象是女生，就马上作罢了。

"那我就先回去复习了。"

"嗯，但考虑到明天还有考试，请你早点睡觉。"

"我知道啦。宽治、春树，我们一起回去吧。"

我完全看不出须藤的态度带刺，他以沉稳的态度邀他们两人回家。

"对了。你和栉田的安排是什么？"

"也不是那么重要的事情。因为我们彼此应该能自我估分，所以我才想先做确认。"

距离发考卷还有一段时间。

不过，我已经确信了。

赢的人是堀北铃音。

这根本就不用问。看见枥田明显动摇的模样就知道了。

枥田脚步不稳地站起，走出了教室。

"她怎么了？"

"应该是自我估分比想象中还低吧？"

"是这样就好了呢。毕竟她反复无常。"

"你很在意她和龙园之间的事情吗？"

"万一他告诉枥田答案的话，枥田也有考满分的可能性呢。这么一来，我和你都必须主动退学呢。"

"到时就向枥田磕头道歉，乞求原谅吧。"

"你是在挖苦我吗？"

堀北追上枥田，我也决定跟上她的脚步。

"枥田同学。"

堀北一出走廊就叫住渐渐走远的枥田，枥田于是慢慢停下了脚步。

"干吗，堀北同学？"

她的表情带有憔悴与疲劳。

"可以耽误你一些时间吗？我有事情想先确认。在这里的话会引人耳目，所以可以换个地方吗？"

"虽然要视谈话内容而定，但在这里的话确实是个问题呢。"

"我也会带绫小路同学一起去。因为他也被牵连了，所以应该没关系吧？"

栉田用手机确认时间后就点头应允了。

她在这之后应该是安排要和"某人"见面吧。

校内还有不少学生没回去。为了保险起见，我们动身前往特别教学大楼。

"你想先向我确认的事，当然就是期末考的赌注，对吧？"

"嗯，虽然结果之后才公布，但我们彼此应该都估完分了才对。"

"是啊……我估完了哟。"

这是堀北赌上退学、栉田赌上巨大尊严的比赛。

不论形式如何，她都不可能不预估自己会得几分。

"我有自信考九十八分以上。你怎么样？"

虽然很微小，但堀北心中也有不安与疑虑。

如果龙园帮助栉田，就会给自己的去留带来重大影响。

栉田听见堀北的成绩并不惊讶。不，她好像已经知道了。

"就算不等结果公布，这也很明显了呢。"

她有点自嘲地嘟哝道。

"我再好也只能考到八十分吧。不，大概连八十分都考不到。所以这场赌注是你的胜利哟，堀北同学。"

"是吗……"

对于栉田的分数没有想象中高，堀北有点疑惑。

"我还以为你参加读书会后考得更高呢。"

"我就是这种程度的人。"

她贬低自己似的说完便叹了口气。

"虽然要等最后的结果出炉……但这真的会是我的胜利吗？"

考试结果由校方公布，因此不会存在不公正。

"应该没这个必要吧。你赢了。堀北同学，你满意了吗？"

栉田也理解就算估分有误差，也不会有将近二十分的误差。

"那么我可以相信你吗？相信今后你不会妨碍我。"

"即使我再不愿意我也会履行约定。要我在书面上写下来吗？"

"没必要。我们先从互相信任开始做起吧。"

堀北这么说完，就伸出了手。

她应该想通过握手来缔结契约吧。

栉田用黯淡的双眼一动也不动地凝望着那只手。

"我最讨厌你了，堀北同学。"

"我想也是呢。但我认为自己会努力让你喜欢我。"

堀北正面接受了她的讨厌。

"我好像越来越讨厌你了。"

栉田完全不打算握手，与堀北擦身而过。

堀北伸出的手，缥缈地捉住了虚无。

"我不会妨碍你，但我也绝不会帮你。你别忘了这点。"

"……是吗？很遗憾，但没办法呢。毕竟条件就是这样。"

"堀北同学，你别忘了。我赌的对象就只有不妨碍你而已。"

尽管气势减弱，但她眼眸深处的深色部分仍捕捉了我。

"那是指……"

栉田没回答就离去了。像在说再多一秒都不想见到堀北一样。

真是困难重重。堀北从她的目标里排除了，但意思是目标换成我了吗？

虽然很像在强词夺理，但我确实不含在赌注之中。

"我应该更仔细斟酌赌注内容呢。"

话虽如此，但这恐怕也不会改变什么吧。

我得出了一项结论。就是栉田不会一直遵守约定。

因为那家伙不会轻易释怀。为了保护自己，我和堀北对她来说都是阻碍。

只要不铲除我们，栉田就不会有安稳的未来。

只能期待片刻的安稳能多持续一秒。

4

我目送堀北走后，就思考起今后的事。

我所想象的龙园翔，不是这种程度就解决得了的人。

这次堀北确实干得很漂亮。她通过先发制人封住了操控栉田的龙园。

原本，这方式不太会使用到。但在班里有叛徒的状况下，这可以说是很有效的手段。然而，这方法仅限体育祭或这次考试，不是随时都能使用的。

正因如此，她才会通过将哥哥当作证人来掌控主导权，获得千载难逢的机会。D班在期末考前的一个月密集地开了读书会，应该也不可能输给C班。这可以说是完全的胜利吧。

我的手机震动了。

　　你在打什么主意？

正在打主意的不只是我，你也是吧，龙园？

　　利用我的这笔账，我可会好好让你偿还。

他又发来一封短文，接着乘胜追击似的发来了一封有附件的邮件。

附件是张照片。

邮件内文是空白的，因为照片就说明了一切。

"真锅她们果然招供了啊。"

虽然龙园和日和一起出现时，我就猜到了。

他是怎么办事的，我大概能想象得到。

估计用类似恐吓的威胁找出叛徒了吧。

这样我和启诚的名字就会浮现在那家伙脑中，加深嫌疑吧。

但他没有证据，也无法断言。

话虽如此，龙园无疑是使出了为了把我方逼入绝境的一招。

他为什么会给我发"这张照片"呢？

有"这张照片"，也就代表她的背景在一定程度上众所皆知了。

龙园的爪牙说不定会伸向这张照片上的人吧。

不，倒不如说这是他的战帖。

被他这么一直纠缠不休，我也差不多快要厌烦了。

我关上手机，同时坚定了意志。

如果要彻底打败那家伙的话，普通方法肯定行不通。

既然他来找碴，那我就迎击吧。

"你就别留遗憾地全力攻过来吧。我会跟你好好玩玩。"

虽然并非本意，但我自己也不由得感到有趣起来。

5

"你真慢呢，桔梗。难道是因为甩开同学费了一番功夫吗？"

"你到底想怎样，龙园同学？"

栉田在没有人烟的屋顶现身。

"啊？"

"你给我的题目与解答，与正式考试完全不同。"

"是啊。因为我在截止时间之前更换题目了呢。这怎么啦？"

他嗤之以鼻，喝了口矿泉水。

"我说过了吧，说我不管使用怎样的手段也要让堀北退学。为此我背叛了同伴，偷偷换掉了 D 班的题目。以 C 班的数学题目与解答为交换条件呢。要是你按照约定，现在堀北就已经主动退学了。可是你却背叛了我。"

"什么嘛，你就因为那种小事生气？"

"那种小事？你赢了 D 班，我却输给了堀北。"

"你从根本上就弄错了，桔梗。你提交的题目没被学校采用。"

"什么？你在说什么？我按照你的指示尽快提交了题目，也和茶柱老师取得了确认，所以不会有错。"

"你还没发现啊。铃音事先采取了手段，为了不让你的题目被采用。我们何止是与胜利失之交臂，还险些全军覆没呢。因为我们所有人都指望这次作战呢。"

"等等……事先采取了手段？怎么可能……"

"如果你怀疑的话，就等考试结果出炉。C班十之八九是输给D班了。也就是说我们之间的约定无效。我们班没有任何回报，可不能让你看正确答案的题目。这是很自然的事情吧。"

"唔！"

"桔梗，你要感谢我都来不及，可没理由恨我呢。"

"感谢？我可是输给了堀北。你是叫我感谢什么？"

她想起被迫在堀北眼前宣布败北的屈辱。

"你连自己掉入陷阱都不知道，真是悠闲呢。"

龙园一把揪住桔田的制服。

接着强行解开西装外套的扣子，把手伸向内侧。

"欸，你在干吗！"

龙园对急忙离开的桔田笑了笑。

"真是，我什么也不会做啦。你掏掏内袋吧。"

"……内袋？"

尽管很警戒，桔田依然慢慢把手伸入西装外套的口袋。

那里传来了她没印象的纸张触感，便取了出来，发现是张折起来的便签。

"这是什么……"

刚才龙园应该没有放便签进去的闲工夫。换句话说，那是之前就放入的东西。她打开便签，上面写着数学考试的题目与解答。

但那不是今天考试的内容，而是龙园最初给她的题目。

"为什么我的衣服里会有这种东西……"

"恐怕不只是这样吧。你身边应该被设了好几个'作弊材料'才对。你之后试着找找，应该就会出现吧。"

"我不懂你的意思。"

"也就是说，D班的某人做了要害死你的准备。假如考试中或考完试，你就马上被控诉作弊，事情会变得怎样？如果我没有换掉最初准备的题目与解答的话，事情会变得怎么样呢？"

"我就会被退学，是吗？但我根本就没作弊，真是蠢。"

"假如你原本就是清白的，应该也有办法证明吧。但你和我联手，事先得到题目与解答是事实。这样就算被当作有嫌疑也没办法吧。"

她当然可以辩解说自己被别人算计，既然是清白的就不会被视为嫌疑重大，不过还是会染上嫌疑。因为龙园提供C班的题目与解答是毋庸置疑的事实。即使提供题目或解答没有违反校规，可是只要有疑虑，就无法放任她不管。就算可以免于退学处分，只要有嫌疑，考试成绩就会无效吧。虽然都只是推测，但栉田在班上的地位必然会受到威胁，而且这也会殃及 C 班。

"对方是什么时候把作弊小抄放进来的……"

"你心里应该有底吧？周围没有奇怪的家伙吗？"

"难不成……不，但……我上周和堀北他们在卡拉 OK 包厢里做最后的讨论。当时发生了有点奇怪的事情呢。有个女生莫名其妙地来找碴，生气地泼了我果汁，之后坚持说要拿去干洗店。当时是可以理解的，我也认为没关系……但总觉得有点令人担心。"

"那个找碴的女生是轻井泽惠，对吧？"

"唔……你怎么知道？你该不会是看见了吧？"

"我怎么可能看见。这是单纯的推理。"

龙园咚咚地敲了太阳穴附近，展现自己的推理能力。

"从头开始详细说明吧。"

尽管栉田很不甘心，但还是说出在卡拉 OK 包厢里发生的事情。自己被堀北与平田召集，绫小路、须藤、轻井泽也同席，以及中途被轻井泽找碴，泼果汁，等等。

龙园静静听完后，更进一步推理道：

"这毫无疑问是为了陷害你的作战呢。"

"这不可能。我确实把西装外套交给干洗店，但我在取衣服时确认过口袋，如果里面放了什么，店家应该会告诉我才是。就算轻井泽在那时候就动了手脚，照理来说也没意义吧？"

"在那个时间点动手脚确实极为困难。但她的目的并不在那里。她应该是想知道你有没有备用的制服吧？"

"备用？就算是这样，这也依然不可能。"

"你为什么可以这么肯定？"

"我也不是笨蛋。我一直在观察周围人的态度与动作。要是对方说谎，我一定会察觉到才对。"

"唉，也是吧。因为当场说谎的顶多一两人。"

"什么？"

"这不是值得苦恼的事。只要有人能精准预测接下来会发生的事，骗过你很简单。当时在场所有人的思考模式、特征、癖好，引起怎样的事、他们会如何行动、会做出怎样的发言。也就是说，对方预测到了一切。"

否定到一半的栉田回忆当时的事，认为这或许是有可能的。尤其平田是彻头彻尾的和平主义。要是西装外套脏掉的话，他就会担心，也会处理轻井泽不讲理的愤怒吧。考试也近在眼前，他必然会询问自己有没有备用的外套。

"知道你只有一件西装外套的话，接下来就只要在体育课换衣服的间隙，把作弊小抄装进去。刚干洗完的西装外套内袋，就算一两天不碰也很正常。其他要动手脚的时间也是要多少有多少。但关键在于是谁想到这个方法。起码不会是铃音或轻井泽吧，她们也不是办得到那种事的女生呢。"

"意思是我被人给盯住了？"

"考试前不久，有封我告发一之濑违规的信件，对吧？"

"那是你找的碴吧。那是什么意思呀？结果她好像也没有违规。"

"那就是充分表现出幕后黑手个性的作战。"

"什么？"

"放入那封信的不是我。是在 D 班陷害你的家伙。"

"我不懂你的意思。"

"你认为我把写了一之濑违规的纸张放到所有一年级学生的信箱，还会特地印上自己的名字吗？我会不会这么做另当别论，但既然写上了名字，大家当然就会认为这家伙是主谋吧。"

"既然不是你，否认就行了吧。"

"你觉得我会吗？"

"……不会。"

栉田立刻理解了。龙园总是在追求刺激之事。假如有假冒自己名字寄信的人，他一定会觉得很有趣吧。并且既然没听说过一之濑的违规嫌疑，他应该会想顺便知道真相。

那么，为什么特地把信件的寄件人写龙园呢？当然是因为如果寄件者不明，可信度就会大幅下降。一之濑违规的事或许会被当作胡说八道。

"但那有什么意义？不惜让你警戒，还泄漏出奇怪的消息。"

"不知道呢……我试着想过，但还是想不通。他纯粹是想知道一之濑拥有大量点数的原因吗？或者……不，那种蠢事不可能呢。"

龙园说到一半就作罢了。因为那是太脱离现实的事情。

"欸，桔梗。我不知道你的过去，我也没兴趣。不过啊，你要是继续执着于让铃音退学，你可是会被消灭的哦。"

作战计划既周到且毫不留情。这无疑是龙园追逐的人物——X。

"你不也很难看吗？C班在总分上输掉的话，不是很糟糕吗？"

"是啊。这样说不定你们能升上C班呢。"

"快掉到被当作瑕疵品的D班，你心情如何？"

就算受到栉田纠缠不休的煽动，龙园也没感受到任何情绪。

这是因为他从最初就对这种琐碎的事情完全没兴趣。

"你还真悠哉呢。到现在仍只以字母去谈论A班或D班。"

"……这什么意思？"

龙园当然不会回答。然而，龙园来到这所学校之后的方针没有任何改变。虽然偶尔也会有意料之外的事发生，但为了升上 A 班的准备正顺利地进行。

"你就拼命努力以升上好班为目标吧。"

龙园说完这句话就打算离开，因而迈步而出。

"这张作弊小抄……唔！等一下，这不是有点奇怪吗？"

"呵呵……"

栉田看着作弊小抄，接着发现了其中的蹊跷。

"给我解释下这到底是怎么回事，龙园。"

"你终于发现了？"

"照理来说，只有我跟你才有这份题目与答案，为什么 D 班的那家伙会有？再怎么想都是不可能的。"

"说得对。因为那是我提供给 X 的呢。"

"你背叛我了呢。"

"不对。那是所谓必要的交易。"

龙园将视线落在手机上。

那是龙园寄给那家伙邮箱时的东西，一张更换考题前的答案。

"不过……他居然这么懂我。"

在他发出那封邮件前，收到 X 分成几次寄来的邮件。

第一封标题写着"交易"，内容是这样的……

提供 C 班确认的期末考题目与答案卷。

或是大幅变更提供给栉田桔梗，抑或预定将提供的题目。

通常龙园不会理这种事。

不过，X 无条件给了对 C 班来说很有利的消息。

所谓有利消息，就是堀北铃音识破了龙园与栉田的计策，并且先发制人。这点对龙园来说是晴天霹雳。

假如没有这条消息，没认真学习的同学就有可能被退学。龙园在这时有三个选项。

其一是不服从 X，并让栉田获胜。但这是不希望堀北退学的龙园想极力避免的。其二是不替换题目，让 X 揭发栉田作弊并令她退学。不过，按照 X 所想的进展就不好玩了，所以他没有选择这个选项。

龙园最后选的是替换题目，让堀北在考试上获胜。

"在保护铃音的同时，也成功制止桔梗吗？"

这是在明面上战斗的铃音，以及在背后战斗的 X 的活跃表现。

对于自己打算利用栉田反被利用的结果，龙园忍不住笑意。

"可差不多要让我把你逼到绝境了。你要是不现出真面目……"

　　他给谜样的寄件者发了一张照片。

　　"到时，我就只要把这家伙毁掉就行了呢。"

　　龙园深信那张照片上的人，正是找出 X 的关键。

后记

　　这里开始就不是本篇喽，第六本结束了。我是衣笠彰梧。最近的烦恼是身体长的脂肪瘤像高尔夫球一样大。好恐怖。

　　作为系列的第六本，应该就相当于暴风雨前的宁静吧。我描写了各个角色的内心变化。下一本里，包含绫小路清隆的过去在内，以及与某个敌人的决战，等等，我想故事将会有前所未有的大幅进展。

　　接着……没错!《欢迎来到实力至上主义的教室》决定要动画化了。托各位的福，真是非常感谢。我和知世都非常高兴，前几天还在互舔彼此十年以来的伤（意味深长）。

　　动画从二〇一七年七月开始播放，大概是这本书发售两个月之后吧。届时，我一定能写完第七本（才怪）!

　　编辑大人、出版社、动画制作公司等，今后也会有各种人士参与其中。为了不让你们的努力白费，我会竭尽全力地继续写下去，还请多多指教。